小島熱子歌集

SUNAGOYA SHOBŌ

現代短歌文庫

砂子屋書房

小島熱子歌集☆目次

『ぽんの不思議の』（全篇）（二〇一五・九）

『ポストの影』（抄）（二〇一九・九）

歌論・エッセイ

解説

小島熱子歌集

『ぽんの不思議の』（全篇）（二〇一五・九）

邃きところに

ああまるで手紙のやうな朝のかぜ木綿《めん》のストールふるはせて過ぐ

啼きのぼる雲雀のこゑはとうめいな輪をつなぎゆくとほくはるかに

かぎろひの春の団地に白木蓮三本咲きぬ何も削がれぬ

ひとひらのはなびらソバージュの髪にあり千年を吹き飛ばされてきて

高遠も吉野も年年おもひつつこの春もすでに過ぎむとすらむ

兜飾りを背に三歳のはにかみてこちら見てゐる写真出で来ぬ

菖蒲湯に凜《さむ》き菖蒲の香のしるくああいつからか子は二児の父

化学室のフラスコに差す春の日がふつふつ揮発してゐき二限目

海があつて原つぱがあつて貨車があつて夢の中までさびしい景色

小さき手に髪かきあぐる女童のしぐささながらたんぽぽの花

りぼんむすびてふてふむすびといふことばこの世にありてはやもゆふぐれ

たまかぎるほのかに残る雨の香にもしかして邃きところに来《きた》る

びやうんびやうん

こぶし咲きうめ咲きあんずつぼみ持つ東北に大地震大津波ありしに

本堂にシタールを聴くびやうんびやうん地震があつてさくらが散つて

みちのくの今年の桜は美しからむおそろしきことひそかにおもふ

つくねんと節電ダイヤの電車待つ余震おそれつつ駅のホームに

ラ・トゥールの絵のらうそくの黒き影停電
の部屋に揺れてゐたるも

ゆきうるい藍の古皿に添へるときとほきみ
ちのくの春こそ匂へ

三・一一ののちに生まれし子らは知らず美
しかりし東北の景を

ちひさなくぼみ

われの背は寂かなるものに視られをりけさ
夏椿のしろき初花

朝の階くだるパジャマが急に遠しイギリス
映画の場面のやうに

笊いつぱいの豆の筋取り一生分の仕事終へ
たる気分にゐたり

庭草の茂りのなかに擬宝珠のむらさきあり
ぬ　ぬれぎぬならむ

窓外をふかぶかとあをき夏の葉が横になり
流れつづけてをりぬ

うすやみにウルトラマリンのスカートが遠
ぞきてゆく　あれは純音

鉱物の湿つたにほひの風が吹くほそき廊下
を曲がりゆくとき

昼月はあくびのやうにうすじろく市立図書
館のうへに置かるる

ポンポンポンダリア咲く海ちかき砂利道に「中
将湯」の広告ありき

埴輪の目をしたるをみなが日の暮れに青き
ぶだうを配達に来ぬ

ホンコンフラワー挿したるプランター並べ
置き工事現場はいよいよ暑し

すずかけの道に飛白のやうな翳しづかに射
程距離がちぢまる

木琴を叩いた音をきいたやう目の前にふつ
とちひさなくぼみ

ゲランドの粗塩

切実がわすられてゆく日のなかにゲランドの粗塩にぶく光るも

量感なき新米二合研ぐ音のザッザザッザとわれをはげます

四歳が万華鏡のぞきゐたりけりただひつそりと宙のいちぐう

時間の象《かたち》けふはなんだか楕円にて庭の水引《みづひき》草をりをり傾ぐ

ふるさとの枳殻の垣に添ひゆくにこの世はこんなにやさしき秋日

砂はしる能登の砂丘にしろじろと流木ありぬ伝説に似て

秋の日に輝る日本海が右側の窓に見えをり帰りの列車

睡眠のなかに自意識なきことのふんはり靄のやうなるふしぎ

幻燈機に映写されたるひとのごと居間に夫がものを食べをり

散りしける金木犀の朱のひまに地《つち》くろぐろとありてゆふぐれ

出でくれば冬に来向かふ街なかを黒瓦積むトラックが過ぐ

いまわれは遠景の中に佇ちてゐむ濱谷浩の写真集めくる

あの日こどものこゑにいはれつ「さやうなら、またきてね」いまも待たれてをらむ

灰紫色のばら

ほつほつと名残りのばらのあるばかり薔薇園は冬のひかりの散乱

灰紫色のばら落とし物のやうに咲く冬日とどまる薔薇園の隅

靴底に落葉の弾力つたはりて外国人墓地はだら陽のなか

音のなくさくらもみぢが散つてゐるあかくきいろくひかり反らして

冬天を刺すベイブリッジとほく見ゆ須臾お
ぼつかなし白昼のわれ

人波にしづみふたたびきはだちぬ横浜駅に
見し五木寛之

わが歌集東大病院の病室に手渡しぬ　終の
わかれと知らずき

黙ふかく見舞より帰る横須賀線に冬のはじ
めの夕日さし込む

くろき鳥こずゑにいくつ裸木を透きて無神
のあかねぞら冷ゆ

ぽんの不思議の

朝のミルクつめたくのみどくだりゆきやや
遠き空にこぶし咲きたる

なにもかもすべてが杳くおもはれて白いブ
ラウスを捨てることとす

ぽんあられのぽんの不思議の小父さんを今
も待ちをり花曇りの午

＊子供のころ米に圧力を加え雛あられのようなものを作る小父さんが町を廻っていた

あるならむこの紺青のゆふぐれにみみたぶ
たぷんと泛かべるところ

咲《ひら》きたる黄のチューリップに満ちてゐるまこと明るき光の無力

つづまりはスーパーリアリズムそれゆゑに落ち着かずして美術館出づ

六歳と毛糸のあやとりする日暮はやも百年過ぎたるやうな

床に散る金平糖とはなびらをあつめてのひらにほら、春のいろ

なにせむとなけれど耳掻き使ひつつただすつぽりとうすぐれのなか

加賀紋の繡《ぬひ》の萌葱にいゆけるは酣《たけなは》のときなりき　在り経つ

柿若葉てらてらひかるひるつかたいづくに喪失が用意されゐむ

みちのくの青水無月の中宵にとほき列車の音ききてをり

アリアのごとく

赤きあかきランボルギーニに乗りしことは
るかに海の光りゐしこと

若葉透くひかりのなかに話しをり互ひの終
をアリアのごとく

むらさきの楝の花の咲きさかり真正面から
行くほかはなく

さいたま産ミニトマトうましロ中にをさな
ごの描くおひさま生まれ

さあれむかしかはりだまなる菓子ありて舌
なないろに染めし妹

こはれゆく夫を看取る友のありことしカル
ミアのうすべにあふる

黄昏《くわうこん》の窓際の席に溜まりゐるひかりととも
に待つてゐるずつと

雁皮紙の皺のやうなるかそけさか風にした
がふ緋のいろの罌粟

日の差さぬ夏の畳に蠅ひとつ息をしてをり
奇妙に大きく

エンドロール椅子に沈みていつまでも見てをり昼のミニシアターに

しやつくりひとつ

秋立ちぬ　いけないことのやうに在るヴェネツィアングラスの群青と金

オリーブの青実ぱかりと齧るおと初秋と秋とのあはひのひと日

歯科医院の待合室はわれひとり『サザエさん』六冊テーブルの上

午睡より覚めてうそ寒き身のうちに他者ありありとしやつくりひとつ

ものの影濃く置く午後のリビングに葬への旅の時刻表閉づ

まゆみ爆ぜのぞくむらさききはやかにいま燦燦とわが生はあり

「哀歌十四」フランシス・ジャムの秋は来てわたしをすなはち少女に返す

とうめいな罅ある秋の空の下あらはれて消ゆるひとりかわれも

残光に街の右側にぶく照り疲労がうすくおほひはじめぬ

列車に見る田畑のはての遠灯りいだきしめたき夜の空間

月光の重さならむかひえびえと首に真珠の連のそくばく

玄《げん》蕃《ば》町《まち》

冬雲の底に湛ふる乳色のひかりはセロニアス・モンクのピアノ

暮れてゆく喪のやうな庭にきこえたり「柳に雪折れなし」といふこゑ

川水の攪拌されてひかりをり冬の午前の橋桁あたり

「はくたか」の乗り換へ駅はうちつけに十三時五分吹雪のさなか

能登半島七尾漁港にロシア人の赤き毛糸の
帽子がゆきぬ

玄蕃町といふにくにくしげなる町名が記憶
のなかにあそぶ日のあり

ジャグジー湯におどる黄の柚子おとがひに
寄りきてつぎつぎ喃語つぶやく

特別のこともあらざる大晦《おほとし》に九谷の皿二枚
奥より出し来

「吟冠《ぎんかうぶり》」飲みて風なき新年のゆふぐれを遣る
ともに黙して

葉の落ちし欅のくろき細枝が揺れをりふお
んふおおんふおん

シェヘラザードのつぶやくことば天井に40
ワットの灯の影うごく

拭く、畳むやさしきことを為して来し両手
をしまし冬日にかざす

鶉団子の一椀の汁吸ひにつつふゆのそこひ
の長浜にをり

無辺際ゆ降りくる雪をあふぎをりゐるやう
でゐぬゐぬやうでゐる

阿巽《オゾン》

はるかよりふりくるあはゆきあふぎつつほのくれなゐの椿とわれと

ふきのたう春は苦味を添ふるべしラ・ロシュフーコーの『箴言集』捲る

切手舐めて貼ればぞよろと体温まで伝へてしまつた気がして　曇天

刃先するどき研ぎ師の研ぎたる包丁がイコンのやうに夕日にしづか

よしゑやしされば案ずるに及ばぬときのふと同じことをなしたり

すぎゆきが透視さるると思ふ丘にベビーブルーのいぬふぐり咲く

ガラス戸に春まださむき空ありてわれにうつすら空腹きざす

一刷毛のひかりベッドに差し入りてあかるき春のさきぶれに触る

白百合のつぼみの先にすきとほる露はれんびん　逆光のなか

有平糖むかしのままに供へつつ雛の永き黙
をききをり

アルルカンのほんたうの貌を見たやうなけ
さ阿巽といふ漢字を知りぬ

風の吹く坂をのぼれば待ちてゐるざらめの
やうな辛夷のつぼみ

おちたのかしら

もう夏が終はつたやうな六月のさびしい日
に買ふ絵本『夜の絵』

声が出なくなりたる風邪の初めにて魔女が
出奔してゆきにけり

イソジンに嗽をすればトンネルを抜けたる
やうな寂けさが来る

おもひ呆けて見てゐる庭にあんず落つほん
たうにいまおちたのかしら

薄荷草つよくにほひて大空は梅雨のこども
のおひるねの刻

骨いつぽん折れてしまつた傘さしてこの世
の貧を背負ふごとゆく

はつなつのまぶしきひかり満つる部屋にた
だ全休符となりて坐りぬ

百日草は仏壇のはな七歳のひるねに覚めし
目に見たる花

ゆふばえの腰越港に帰り来るあまたの漁船
凱歌のごとし

湘南のサナトリウムに果てにけり滝沢亘、
昭和四十一年初夏

水色のグログランリボンを夏服に結べば杏
しジャクリーヌ・ササール

腰を据ゑしづかに待つといふことをときど
きおもふ　蜩が鳴く

フォンタナのカンバス

山峡のほそき湯の町ゆふぐれて貴船菊みづの音にゆれをり

大正のをみな彦乃のうすき肩湯涌の薄暮に溶けてゆきしか
湯涌温泉　竹久夢二館

吊し柿音符のやうにつるされて粗き軒端がややにあかるむ

ゆふかぜにむらさきしきぶのつぶつぶが古き仕舞屋《しもたや》の戸口に撓む

ひるひなか広きジャグジー湯はわれひとりアートブレーキーが音たててゐる

気の触るること鳥どちにありやなし鳥類図鑑なにかあやしく

ルノアールの少女からフォンタナのカンバスのナイフの裂創に至りしわれか

百日紅のひかりのはだら地にゆれて忘れてゐたる約束ひとつ

坂道の石につまづくわたくしを見てゐなかつた　秋の蒼天

煮凝り

満月に欠けたるところあらむかと視力検査のごとく眺めつ

氷雨ふる商店街に午後三時玉子うどん啜るを誰も知らない

御隠居も八ツァンもゐない町内にしきりに叫《おら》ぶ地域の力

冬の香と人の香まじるゆふぐれにポストはぬくきあかいろに立つ

曖昧なシャツが明晰なシャツとなるスチームアイロンかけてゆくとき

フィレンツェの古き典雅な店に買ひし最後のひとつの石鹸かをる

茶に褪せし狗尾草は降るゆきのおもさに伏せてゐたり道の辺

筒切りの煮付の魚のあをびかり負数しづかにはびこりてゆく

ひえびえとスターサファイア耀きてゆるせぬひとりのあるといふこと

オノマトペ立てて煮凝り溶けゆかむ大夕焼
けがこの世をつつむ

雪の来る前のにびいろの低き空ずり落ちて
くる柴山潟に

透明な傘

透明な傘がわたくしをむき出しのまゝに庇
護して　三月の雨

密告をしてゐるやうに白梅にめじろがかほ
をつつこんでゐる

視野狭くありたるひと日の暮るるころ伊予
柑一箱どさりと届く

地図の上《へ》にガラスのペーパーウェイトの影
あり夢遊病者のごとく

選びたる帯締めのいろはかめのぞき春の蛇
口の水の音して

ゆふぐれのうごくものなき寂けさや抽斗に
美《は》しき紐はしまはれ

歩みきてみちばたに赤きへびいちご瞬時よぎりつ一枚のネガ

駅前に血を採る車つゆばれをひとさらひのごとしづもりてをり

街川にうろんなる緋色　ゆうらりと鯉あらわれぬひとつまたひとつ

うすまつたアイスコーヒーのやうな空どうでもよいと思ひはじめつ

ももいろの痕

空の下あやまちのごとくきはやかに今朝しろたへの夏椿咲く

つゆふけて縹のいろに満ちたれば潜水艦となりゆく街衢

足羽山全山群青しとどなる雨にうつうつねむるあぢさゐ

えごの花しろく垂りたる六月の外の面を風の稜《かど》ひかり過ぐ

葉先より雫じゆんばんに落ちてゆくその間隔に縛られてをり

夏痩せをするのだらうか雀どちとほくに凌霄花はなだれ

何もかも溶け出してゆく炎昼に近づいてくるオルフェウスの翳

ほほづきが朱を灯して売られをり西口広場の花舗のバケツに

ムヒ塗りてことしの夏の終はるらし腕に小さきももいろの痕

ファントム・ペイン

氷砂糖のすきとほる角ひんやりと指に触れたりとほく雷

うつくしく秋刀魚一匹食べをへた夫の皿にゆふかげとどく

キッチンの嵌め殺しの窓はゆふあかね水にゆつくり豆腐を放つ

秋の日の美文調なるあかるさにカフスボタンをとめてあゆみつ

三日月にファントム・ペインもしあらば
望の輪郭ゆびになぞりぬ

ドアスコープ覗き男のデフォルマシオンさ
れたる顔とふたこと話す

捏造のかけらのやうに潰されてぎんなんし
るくにほふ道ゆく

ゴダールの「勝手にしやがれ」見たる日よ
けふ飲むボジョレー・ヌーヴォーぬるく

文庫本かすかに酢昆布のにほひしてあくが
れし主人公ふたたび出で来

秋の街に夫を亡くしし人と会ふかなしむと
いふは痩せることにて

セレネの馬

秒針が空気を彫琢する夜ふけ冬の蹄がちか
づいてくる

八寸にきよき青竹の箸を添へ祝ふ午年の啓
かれゆくを

坂の上に住みておほかたわが生《よ》過ぐ遠景の富士をりをりに見て

あたらしき爪切りに切る直截の音こそけふのまぎれなきわれ

たれも居ぬガラスの部屋に冬日抱き大きなしらゆり冥想してゐむ

声明《しやうみやう》のひくきひびきに似る風が欅をわたる午後をゆらして

さきほどの丁字《クローブ》ゆびににほひつつうすくなりゆく虹を見てをり

カマルグを駆けてゆきたる白い馬を映画に見しは雪の金沢

月の光つららのやうに凜《さむ》く輝り身の痛覚がとがりはじめぬ

天金の本に冬の日さし入りて過ぎたる時が視ゆる　逢はねば

コンビニの横のポストに投函す「セレネの馬」のあをき絵葉書

堰きたり

日溜りがハンケチおとしのハンケチのやうに落ちゐつ午後三時ごろ

海馬いま休憩時間といふならむひとりの名前忘れて　桃花

マウスピースあやしきものを口中に入れて春の夜にんげん眠る

うすやみに畑焼く煙とほく見ゆさくら湯飲みしはいつの日の能登

生垣の木香薔薇に吸はれゆく立夏の朝の子のわらふこゑ

四歳が力をこめてクレヨンに書く恐竜のやうなひらがな

右手あげ角を曲がりてゆきにけり今生といふことば堰きたり

亡き人のつくりし梅酒の琥珀いろ透きつつ納戸に在り経るいまも

鹿の子絞りのやうなもつたりした言葉きかされてをり梅雨空の下

駅裏の枇杷の木かぜにさわぐひる学生服の
少年が過ぐ

相撲甚句

青空にしだれ桜と日の丸がひえびえと美《は》し
刑務所前庭

篤志面接委員を委嘱されにけりほんたうに
われでいいのかと思ひつ

男らは囚徒、受刑者と称《よ》ばれをりことばに
隔つ絶対の距離

起立、礼、お願ひしますの号令に短歌クラ
ブは始まる五時半

覚醒剤強盗窃盗詐欺罪の男ら椅子にわれを
注視す

「かれらは　ほめられたことがないのです」
刑務官のことばに褒めると決めつ

獄舎《ひとや》娑婆鉄格子の語のある歌に男ら順番に
感想をいふ

あぢさゐもばらも知らない受刑者は妻と三歳のむすめを詠ふ

たしかなる文語旧仮名に書く男にちかごろ面会の歌はあらずも

親や妻子を詠みたる歌のふたつみつ文法メチャクチャなれど　さあれど

殺人を犯しし小柄な老囚が質問したり「字余りつて何ですか」

腕も脚も何の模様か入れ墨の藍いろ灯下に息づくごとし

「よい歌を詠むから良い奴とは限りません」勤続長き刑務官言ひき

雑草も枯れたる花もなき刑庭《には》に囚徒の咲かせる白き芍薬

わがことば届いてゐるか白板を写す男らを見つつおもひぬ

この表現はは
ヽ
な
ヽ
ま
ヽ
るですねといふわれに若き囚徒ははにかみて笑む

短歌クラブが待ち遠しいと言ひし男いまごろいづこに働きてゐむ

夏の日に土井差入れ屋しづもりて葭簀の影を地《つち》に置きたる

化粧せずスカートはかず通ひきてはやも十一年過ぎてしまへり

刑務官に中学受験の息子ありと聞かされてをり歩廊ゆきつつ

ひとつひとつ扉通るたび施錠され刑務所にわれも鎖さるる心地

配膳は多少なきやう盛りつけることが大事と受刑者いへり

いい歌を詠むやうになりたる受刑者が出所するとぞ　なにかさびしゑ

刑務所は六回目と書く歌を読む　窓外は朱《あけ》にそまるゆふぞら

独房に差す月光を詠みし男二年半後に戻りて来たり

刑務官が懐中電灯に足もとを照らす階段ゆつくりくだる

短歌クラブ終へてひぐれの塀のそと暗紅色にいちじく実る

シリウスのかがやく下を帰りきて辛きレトルトカレーを食みぬ

夕焼けが獄舎をさむく統べるとき罪といふことおもひてゐたり

出所する男が礼にと唄ひくれし相撲甚句のこゑのひびきよ

ほくほく線

雨にぬれ黒黒とひかる軌条いくつ人なき駅を通過してゆく

畑中のほそき道とほくしろじろとなくなりさうに続きてをりぬ

川の辺の雨にけぶれる看板にぼんやりと読む常願寺《じやうぐわんじ》川

水嵩を増して滾れる川に沿ひ農道つづく従者のやうに

雨やみてはてなく広き水張田にただ噎せ返るひかりがうごく

やや遠く早苗のみどりのやはらかさ憶ふ「マンマ」と言ひし唇

ほくほく線の列車の窓を伝ふ雨しばしあかるき放心にをり

神通川《じんづう》の鉄橋わたる音さぶし雨のやみたる外はゆふぐれ

わたくしに後姿《うしろで》あること忘れゐつペットボトルを持ちて降車す

ふるさとのさくら散る道あゆみゆくふたりの妹と喪の服を着て

三人《みたり》寄り金沢弁のゆきかへばさびしき記憶もカノンのごとし

いくたりの背《そびら》顕たせて還らざる時になだるる加賀野菜食めば

いもうとといつか死ぬ話してをりぬ湯宿の外は明けやすき空

黒瓦照る遠街を見下ろしてただ茫茫とわが生《よ》のひと日

逃げ水

六月が歩いてきたりむかうからひかりのなかに白いブラウス

アカシアの咲くとしきけばはるかなる内灘闘争ありしをおもふ

後の世のごとしひとりのあをき影夏かがよへる街にふりむく

あかつきのひかりしづかに差してをりいつか無くなるわたし、この家

狭き廊下を雑巾掛けする朝八時ひまはりつぎつぎ後に蹤きくる

テラコッタの壺に月桂樹《ローリエ》の枝挿せば卓はかの旅のセビリアの夏

錆びだしたからだソファになげだして高き入道雲を見てゐる

灼くる日を溜めたる小石ひろひたりただ森閑と八月の午後

逃げ水が晩夏の街をだますひる黒衣のマリアに似し人が来る

咳ふたつ

鰯雲によびかけてみむもういいかい返事を
待つといふにあらねど

秋茄子の濃きむらさきの籠盛りにわれはむ
んずと捉へられつも

をやみなく十月の雨ふる夜にとなりの部屋
に夫の咳ふたつ

この人に黒子があると気付きたりしばし立
ち話してゐるときに

ラズベリージャムのぶつぶつ歯にひびき円
周率がひつかかつてゐる

うすらさむき夕映えのなかに磨きをり長く
使ひこし銅の薬罐を

ビル街より吹きくる秋のたはむ音ふるき手
摺に耳のせて聴く

親指をかくす慣ひのむかしあり金色霊柩車
このごろは見ず

死を売り物にしてゐるやうな新しき墓にぎ
やかに秋日に並ぶ

ひかりつつ鏡のなかに雨が降る逝きたる人の誕生日けふは

おもおもと割れたる柘榴の紅《こう》ひとつ王女メディアに似たる寂けさ

紺青の海と浅葱の空のきはとけてゆきたり挽歌のやうに

拗ねる

越中の峠はみぞれ降るころか庭にくれなゐの木瓜の花咲く

冬日差す赤土のなだりみてをれば生姜湯のやうなぬくみ兆しぬ

末枯れたる茶色うつくしく杜鵑草《ほととぎす》さむきひかりにつやつやとして

こころ寒く外の面もさむくこんな日は鍋焼うどん　脱落はせぬ

モヘア帽のラスプーチンとすれちがふゆふぐれ近きさむき橋の上

炬燵の上《へ》にひとつみかんはしんみりと優しかりにし叔母さんのやう

冬の日に障子しづかに明るくて知恵のかなしみ隠されてゐむ

降る雪はすぎゆきをつれて戻り来ぬ亡き家族らの話し声して

J・ディーンの写真みつけぬ本の間に拗ねるとはなんと蠱惑的なる

暁闇に居間の灯りを点けるとき海底のやうな孤りのこころ

俎板を漂白液にひたす夜わすれて久しき星までの距離

ブリキ缶舐めたるやうにしらじらと馴染めぬ街をけふも通過す

親類《うから》三代紋服姿に橋わたる「渡り初め式」ありき昭和に

アポトーシス

ゆふぞらに銀色にひかるひとところさながらかなしき馬の目のやう

日の暮れに移らむときを白き木瓜ただしづやかに熱《ほめ》きてありぬ

どうしても縮まらぬ距離あることのそれはそれとして紅梅にほふ

植木屋の鋏の音のきはやかにだんねん断念と耳に届きぬ

白練の享保雛の容《かんばせ》に点るあざらけき丹のいろの唇《くち》

方眼紙の羅列高層マンションの窓は宇宙の春光ぬすむ

オカリナに吹く「おぼろ月夜」が広ごれる河内村の畑わたりゆく

ほしいまま昼寝してゐる春の空アポトーシスのかすかな音す

庭の貝母われの不在に咲きたるはなにかさびしき裏切りのやう

をさなごのぼんのくぼこそ愛《かな》しけれはつなつのひかりしづかに差して

あすはどの着物と帯で出かけませう　ひかりがあそぶ　死ぬかもしれぬ

称名寺

池に映るみどりの影の濃淡を消して雨粒いよいよはげし

釈迦堂の格子ゆのぞくうすやみに色の褪せたる紙の供花三つ

反橋《そりはし》にかくれ金堂の屋根のみが見ゆる構図はたまゆら異界

雨に濡るる欅のたかき枝の間に宇宙船に似てくらき宿木

称名寺塔頭光明院の表門葉ざくら並木をあゆみきて遇ふ

春雨に茅葺き門はおもおもとしづくしてをり　百年の後も

称名寺につづく野原はひろがりて北条一門の歴史はるけし

犬の舌

楽器店ならぶ坂の街に白雨きて何を掠めてゆきしかすずし

一日中つかはぬ部屋に西日差し仏壇の扉にぬくみ残りぬ

盆唄をきけばおもほゆわたくしはつねに遅れてきたる　木槿よ

緋のしごき腰にむすびて夏の夜をふはり過りてゆきたるは誰

青りんご放物線描き波に消ゆ　能管の音のやうな記憶よ

桐下駄を素足にはきて橋渡る過去世のひとと風に吹かれて

犬の舌の影ちろちろとくろぐろと揺れつつ灼ける鋪道《しきみち》をゆく

キバナコスモスなんだかギザギザの感じにて何かがちがふ内耳がかゆい

ひつたくりに遭つたときには補償金三万円出る保険に入りぬ

尾骶骨がさつきから痛い背凭れがずれる暑さがはすかひになる

カーテンの生成りの麻に溜まりゐしひかり消えたりきこえぬやうに

地下足袋の男タオルを顔にかけ寝てをり神社の階段の下

触媒

ぐるぐると日傘まはしてあゆみたしあかるき新秋の風によばれて

恃むとは力のいることゆくりなくめくる絵本のやはらかき色

唐黍を焼く醬油の香ついおくはやさしきうそを触媒として

碧空がだまつたままにゐるからに肺腑に秋がたたまれてゆく

葡萄色のフェルトの帽子かざられて若宮大
路のウィンドーは秋

ほほづきとからすうりの朱によばれつつゆ
つくりはやくわたくし昏るる

をやみなく細き雨ふるゆふぐれは頭撫でく
れし人を顕たすも

ひよつとして

生牡蠣がつるり喉を下りけりひよつとして
大変なモノを呑みしか

街灯のひかりにゆきの渦まくを見てをり氷
見線始発の駅に

雪のなか「色男やからまけてやるワ」氷見
のをとこの嗄声が叫ぶ

面取りをした大根を炊きながら冬虹のやう
な時間にゐたり

あかあかと座敷の鏡は映しをり床柱さむく夕日に光《て》るを

つはぶきに降る昼の雨ひえびえと裏庭の記憶ひきつれて来る

藪椿のくれなゐぽつたりあるばかり里山さむきひかりの中に

「ニュルンベルクのマイスタージンガー」流れゐる暮れの美容院なにか可笑しく

をさなごが応へぬ電車に手を振れば花摘むごとくうらかなしけり

さながらに冬眠の熊とおもひつつふとんを被るけふはおしまひ

リレーのバトン

大きな手が郵便受けにさし込まれいま落としたり矩形の期待

ピカソ館にピカソの物語あふれゐて体臭さへも漂ふごとし

箱根ピカソ館

両手にて一尾の魚の骨しゃぶるピカソの写
真に繋がれてゆく

壁面の篠田桃紅の切りつける墨の刃にもう
たぢろがず

さはあれど比翼連理のよろしさにティッシ
ュペーパー箱より抜きぬ

春風に髪は吹かれてかたはらにすかんぽ三
つまるで平和だ

口紅のサーモンピンクに励まされとなりの
街まで映画見にゆく

とほざかる靴音に明日の約束がふいにたの
めなきものに思へて

ズックの紐きつく結んでリレーのバトン待
ちしはむかしあるいはきのふ

生垣に小さきピンクの長靴が掛けられてあ
り日溜まりのなか

ヌバックの真紅のスニーカーに歩み来る初
老の男やや「ワル」の感じ

東京駅横断歩道の靴の群れ夕日にポリフォ
ニーの影をひきつつ

大注連縄

山陰線の根羽《ねう》駅に見つ詰襟とセーラー服の
高校生ら

出雲大社の大注連縄の断面は切迫したる新
藁の青

しろがねの板のごとひかる宍道湖がゆふべ
ホテルの窓にありたり

くれなゐの木瓜の残花にありなしのむかし
の風吹く旧八雲邸
小泉八雲邸

長煙管十一本が煙管台にありて八雲のゆび
さきおもふ

熊本城の石垣の稜《かど》は秋の日に刀の反りのご
とくしづけし

てのひらにざらり触れたる石組の隙にみじ
かきあらくさの生ふ

熊本城三十万坪のそこここに樹齢八百年の
樟の木そびゆ

安永蕗子詠みし江津湖は午後の日に水面ひ
かりてみづの匂ひす

江津湖には水前寺海苔が育つといふ藻を採る小舟湖岸にひとつ

子供自転車

あんずの木に子供自転車たてかけてゆくへふめいのをさなごあそぶ

こゑが何かちがふ人にも聞こえたりさらばあのひとの影《シャドー》ならむか

遥かなるものによばれてけさ咲きぬ庭にしづかなむらさきつゆくさ

日に三度飲みしピンクの六ミリの粒を畏む咳やみたれば

しんしんと日にふとりゆく梅の実を窓のこちらに眺めて暮らす

坂道のアスファルト鋪装に塗るタール夏日に重く粘りてまぶし

耳に入りたる湯をとんとんと出しながら見上げる空に蠍座のS

これの世に一億六千万年に一秒の誤差の時
計ありとぞ

激烈の色

さくらんぼ食めばおのづと素直なりをさな
きものに還つたやうに

わが庭に大山蓮華ぽーんと咲くいまだ醒め
ざる夢のごとくに

右腕の黄のブレスレットひんやりとまひる
の翳に浸されてゐる

冷房の店をつたひてゆくまひるトンボのや
うに覚束なくて

新装のパチンコ店の激烈の色こそ可笑し仲
通りの午後

古書店に『石と光の思想』みつけたり誘拐
されし子に遇ふごとく

たつぷりと妖言《およづれごと》をいひたればあるいは変は
るかはらないかはる

なつめの木ありにし家のこぼたれて事業用
地の看板が立つ

なだりに湧く冷たき水を手に掬ひ山の木霊
をわれ飲まむとす

電子辞書に三光鳥のこゑ澄みぬ亡き人と信
州に聞きしその声

窓に見るとほき丹沢むらさきの清音として
暮れてゆくなり

梟のブローチ

左手のにぶき痛みにわたくしを意識すざく
ろの花咲いてゐる

マッキントッシュの椅子をつかのま過りた
るものありいよよ椅子の背のびる

真闇よりとぽんとぽんと雨だれがコップに
落つる　今はいつなの

あの人は風《ふう》のいい人と母いひき「ふう」と
しづかに呟いてみる

ユニクロを着てドトールにお茶をするなん
だかテトロンのやうなわたし

梟の木のブローチがセーターの襟元にぽつ
ん　さびしい秋だ

山葡萄

いわしぐも空にはてなく波打つに歩いてし
まひぬ跨線橋まで

赤錆びた鎖が風雨に揺れてゐる外壁の角
いつも途中だ

青と黄に塗り直されたブランコに「ペイネ
の恋人」腰かけてゐる

わたくしがふいに古びぬ鬱金色のフランボ
ワーズ含《ふふ》みたるとき

螺旋階段降りゆくやうに白薔薇が光の中に
腐りてゆきぬ

隣卓の「ヤキメシテーショク」きこえたり
あらはなる声はあるときさぶし

山葡萄の黒実日に輝るほそき道　みんなは
どこへ行つたのだらう

あとがき

本集は『りんご1/2個』に続く私の第四歌集である。二〇一一年春から二〇一五年初夏までの約四年間の作品を四季の循環に添って自選構成した。必ずしも制作年順ではない。

私は年年、季節や四季の移ろいに対しておもい入れが深くなってきている。

結局は日々の事象も季節に受容され、季節の中に溶解してゆく。そう思うと何かしーんとした気持になってしまうのだが、そういうところからしか私には短歌が詠めないような感じがしている。

なお、「相撲甚句」は特殊な世界を詠んだ一連だが、これもまた紛れもない私の時間であり、どうしても詠んでおきたいと思ったので組み入れたものである。

歌集名は「ぽんあられのぽんの不思議の小父さんを今も待ちをり花曇りの午」に拠る。

第三歌集のあとがきを書いていたとき、庭に夏椿が咲いていた。四年後の今も夏椿を見ながらこのあとがきを書いている。時間は飛ぶように過ぎてゆく。

「短歌人」に入会して六年が過ぎた。諸先輩や仲間が受け入れて下さり、楽しく学ばせていただけることを本当に有難く感謝申し上げたい。

小池光氏にはご多忙のところ第三歌集にひきつづき、この度も帯文を賜りました。衷心より感謝致します。

御世話いただいた砂子屋書房の田村雅之様、装丁の倉本修様、本当に有難う存じました。

二〇一五年　初夏

小島熱子

自撰歌集

『春の卵』（抄）（二〇〇〇・九）　八十首

まだ青き棗を嚙む音硬くしてわたくしだけの秋がはじまる

秋の日に潮のごとき静かなる愉悦のありて菊の匂ひす

自虐さへひとつの欲とおもふべし青く光れる烏賊の皮剝く

あらかじめわが葬の花葬の楽決むるといふもさびしき傲り

昼近きひかり差しきてクレソンはみづみづと春の俎板の上

模倣《ミメーシス》とふことばを識りて曇天のひかりのごとくわれは安らぐ

驕慢と豪奢はあやふき近似値か冬日のなかに君子蘭咲く

喪の旅より帰りし部屋は白桃の熟れし匂ひのこもりてゐたり

確執のありたる人の栄達をききて月明の街を帰り来

読み終へし新聞畳めばかさばりてさながら
不器用なわれの形す

なにごともなきわが日々に挑むごと真紅の
マニキュア丹念に塗る

心潤ふまひるといはん桃活けし和菓子屋の
窓見つつ過ぎ行く

唇に触るる手織りのストールはわれの呼吸
をつつみてやさし

炎昼のさびしききはみひとりゐて吾を生み
たりし母を思ひつ

黄の菊のはなびら指にこぼしゆくさらさら
と手足かわく十月

購ひし古書に残れる朱の線はいかなる人の
寂寥の痕《あと》

わが立つ地絶えずゆらぎてゐるごとく蟬鳴
くこゑに間歇のあり

氷雨降る三国の町に魚の香の漂ふ午後をわ
が去りゆかん

蜜入りの林檎とオリオン星座あり座標軸に
はたのめなきわれ

わだかまりありし人逝きしんしんと雪に似しもの降り積もりゆく

かすかなる等間隔の雨だれが陥穽となりて眠りをさそふ

夏まひる手に触るる皿あたたかしほのかにいのちあるものに似て

新潟に下宿する子と地酒飲みぬけぬけとわれは母親の貌

あのひとは熱中する人ですとわれのこと言ふ息子二十二《にじふに》歳

団体の学童電車に乗りくればたちまちひなたの匂ひ満ちたり

種の連帯などと無縁に往き交へる人ら見てをり高き窓より

健やかなる猥雑の相マンションにあまたのふとん朝干さるる

束の間の午睡より覚めだまし絵のなかにしばらくたゆたふごとし

巻きゆるきレタスはがして清々《すがすが》とわがうつしみのゆるぶくれがた

真夜中の電話に急ぎ出てゆきぬ夫は人の死をまた看とるため

つぶやけばくづれてしまふあやふさか床に落ちたる豆腐見てをり

朝と昼のはざまにありて十一時街に耀ふものの往き交ふ

そもそもの端緒はすでにおぼろにてたとへば風邪のはじめのごとし

糸屑と思ひて引けば加賀のれん綻びてゆくあやふき速度

メーターの検針員は白昼にかすけき電気の呼吸を測る

箸に練る半透明の水飴のなかにさびしき夕日が見ゆる

ありふれしかなしみに似て洗ひ桶の水に茶碗が沈みてゆけり

鶴首の花瓶にそそぐ水一瞬あふれてわれの均衡崩る

てのひらに在る金箔の幽かなるぬくみは春の愁ひに似たり

ひといきに皮の剝けゆく白桃のかかる言ひ難き充足ひとつ

わが裡の何かを攫つてゆくらしく湯の栓を抜く音がきこえる

刻の枷超ゆるごとくに灯《ひ》の線となりて夜汽車が遠ざかりゆく

乗り慣れし電車といへど終点にいまだ行くことなきを寂しむ

原色の赤を纏ひてなほさびししししんしんと火照る八月の昼

わが髪の剪られて床に散るさまのはや所属なきものはしづけし

やはらかき吐息のほどにぼたんゆき鏡のなかに降り込みてゆく

茹卵の殻丹念にむくまひる五月はさびし光もわれも

乗客のかすけき秘密蔵ひたる鞄もろとも電車カーブす

縫針が天地の光あつむるごとしんと落ちゐつ秋の畳に

仮眠より覚むれば列車さびさびとしぐれ降る町通り過ぎたり

降る雪のなか急《せ》かされて歩みゆくをさなごの赤き手袋の見ゆ

踏切りを渡る始終を目にて追ふ亡き母に似る老い人のゆゑ

遺されし加賀友禅は亡母《はは》の着丈すこし短きゆゑにいとしき

平穏にひと日終はらん秋の夜の階下に夫のしはぶききこゆ

混み合へる駅にゆゑなく不機嫌の空気満ちゐて夕暮れさむし

そしてまた五本の指をひろげれば包まれてゐた夕陽が逃げる

やはらかきゼリーのやうに揺れてゐる夕光に遊ぶをさならの影

ありありと思ひ出づることのひとつにて積み木を崩す指の感触

頬の翳濃きヴィヴィアン・リーのポスターのかの日氷雨に濡れてゐたりき

目瞑りてありありと顕つふるさとの雪の街
はや父母の亡く

駅の階かけ下り乗り継ぐ一分はわれの一生《ひとよ》
のいづこのあたり

同溝回転してゐるレコードにとらはれて孤
りの昼が失はれゆく

崩れゆくものはしだいに荒々しくれなゐの
薔薇散りて嵩ばる

セーターの毛玉をとりて早春の午後やはら
かき無音にゐたり

麻衣わが身に添ふごと添はぬごと保つ空気
の嵩のすがしさ

笑ふ箇所われと異なるゆゑならんしだいに
齟齬の拡がりはじむ

樹の下に刃物研ぐ人ひんやりと真夏の昼を
占めて勤しむ

俎板のくぼみに秋の日の差して来ぬものを
待つごとき静寂

たのめなくいつも誰かによばれゐるやうな
日暮れが近づいてくる

夏の日に訪ひしモネの庭死の翳のひそむば
かりに花溢れゐき

カレル橋にアリアうたひて喜捨を乞ふ老女
いかなる歳月を負ふ

リスボンの日の暮れおそき街角に焼栗買ひ
き風立ちてゐき

ピアニストの横にて楽譜操る人をみんな観
てゐて誰も観てない

寂寥が歩みくるかと思ふまで逆光を背に人
の近づく

沈黙も意思表示にて饒舌の人らの間《あひ》にきは
だつひとり

乗客のなき観覧車冬空に時間の角度ゆつく
りきざむ

ありありと割りたき思ひ兆しくる春の卵は
籠に積まれて

わが歩む春の路上にうしろより来たる夫の
影が連れあふ

木漏れ日が音なく胸に揺れてゐるやうやく
夏の逝く気配して

水道栓きつくしめたるわが掌より放たれて
ゆく春の力よ

『クレパスの線』（抄）（二〇〇六・四）

構図

月の光抱きて眠らな永かりしひと日まなこ
の視しもの捨てて

糊かたき夏のブラウスの襟立てて白昼の海
をひとり見に行く

零れたることばの骸《むくろ》晒すごと柘榴の紅き実
をならべをり

きらきらしきひとりの人を視てゐしが急に
何かがつまらなくなる

水に映る逆さの家がほんたうの家かも知れ
ぬ街川さむく

補助線

胡蝶蘭鼓動のやうに連なりてまぶしき無駄
を時のなかに置く

ずんずんと雪の街行きある角を曲りしのち
に消えたるものよ

使ひたる針を数へて仕舞ふなど亡き母は教
へきやさしきことを

つまびらかに見えて見えざる一生《ひとよ》なり作家
の年譜の事実の羅列

ナイフ購ひて森閑となるわが視野に水陽炎
が音なく動く

見つからぬ補助線一本大いなるものが隠し
てゐるやも知れず

火照る内耳

たつぷりと風の遊べる夏服と昔のとんぼと
共に午睡す

縄跳びの縄が空気を截る音の火照る内耳に
杳くきこゆる

生るる前に見たかも知れぬ金色の夕焼けに
いま浸されてゐる

妹と食みしはいつのゆふぐれか四万六千日
のたうきび

空に月地に白萩の寂けきに時間の奥にある
ものは何

図像学

図像学のパーツならずや街上にペットボト
ルの水飲む人ら

敬語つかはぬ会話つづくにマニキュアの剝
がれし指に連想およぶ

指揮棒の振りおろさるる瞬間を三千の耳そばだてて待つ

郡境《くにざかひ》、国境、越境　境とは子が地《つち》に描くほそき線の果て

高きより街ゆく傘を見てゐしがふあつと降《お》りたき黄の傘がある

でもなくてさうでもなくて

婉曲にもの言ふことの拙くてゆふべとろとろ生麩煮てゐる

でもなくてさうでもなくてでもなくて紙のごとうすきアネモネそよぐ

夜の火に焼くむらさきの長茄子や遠く住む子にはや妻子あり

みなとみらいの動く歩道に見てゐたり海風に揺れ消えてゆく虹

なにするとなく繭のごとゐるゆふべ亡き母のこゑに名を呼ばれたく

けふの日の集約として音のなきニュース新幹線の車内に流る

廃れたる漁港にありし遊郭の跡しろじろと冬の日が差す

貫入の音

弾きくるるピアノの音の受話器より伝はりて同心円上の秋

秋の日の真水のやうに沁むことば残されて深きゆふぐれとなる

われとわれの蜜月の時はるかにて兆すや細胞の貫入の音

ああゆきと唇あけて待つひとひらや百年ののちもさびしかるべし

冬畑の点景として見ゆる人さながら〈時〉の連続の裔《すゑ》

クセジュとふことばに深手負ひし身を古書店の本の背表紙が圧す

象《かたち》

酒蒸しの浅蜊の殻のひらく音さびしき春の闌けてゆくおと

輪郭のうばはれてゆくたそがれに吊す着物の量感の増す

愛惜が象《かたち》となりてゐるごとく夏椿の白地の上にあり

あひたるは夢にやあらんねむのはな雨ふる空にうすべにひらく

撓むことば多き手紙をためらひてついに一枚の官製葉書

さしてゆく傘の高さの異なれば言葉くぐもるわが香くぐもる

無器用に蒼天にラベル貼りゆけど空白あま
た残りて目覚む

クレパスの線

うすあをき貝母のつるに絡みたる三月尽の
ひかりの傷み

あやまりて外耳に入りし水しばしぬくき宇
宙に揺れてゐるらし

冷凍庫に成りし氷の落つる音深夜うれしき
あそびのやうに

子の描きしクレパスの線つよくしてルオー
も神も猫もゐたりき

味噌蔵町鷹匠町の名の消えて記憶ばかりが
殖ゆるふるさと

鰯雲そらいちめんに夕映えてわれの帰属は
いづくにあらん

北イタリアの旅

ゴンドラに細き運河をゆきゆくにかすかに饐えたる〈時間〉のにほひ

タジオの目をしたる少年とすれちがふゆふぐれ近きリアルト橋に

〈現在《いま》〉のみの充足のほかに何あらんヴェネツィアは薔薇のごとき陥穽

在ることを疑ふなかれ燦爛と大運河《カナル・グランデ》は光の流体

豪華王ロレンツォもゆきし甃いま晩夏の雨に光るも

アマゾネスの裔なるべしやたくましき女らジョバンニ広場に暑し

メディチ家のころより続く薬屋にひえびえと重し薬草の香は

杳き世のアルチザンこそ清しけれ大聖堂は夕映えのなか

〈不安〉が天に聳えてピサの斜塔ありわが足元を絶えず揺らして

四線譜の古き楽譜は讃美歌を記して美しき
羊皮紙の嵩

石造りの古き街古き教会を訪ねて嘔吐にち
かき圧迫

シャモニーの空ははや秋　透く光に人らの
貌の陰翳ふかし

翳のためらひ

春楡のわかばを透きて生まれたる定形のな
き翳のためらひ

万緑は身にさびしけれ子を抱きし重さの記
憶きのふのごとく

モノトーンの夏服ばかり持つわれの点晴と
してランボー詩集

晩夏の羽咋《はくひ》の海を発ちし日の押し殺したる
波のくらさよ

蔵ひたる時間がちらばりゆくに似てまた耳
につく雨だれの音

語尾の〈ふ〉

想ふ恋ふ顫ふ語尾の〈ふ〉ほどかれて春の
光にまぎれゆくらし

まつ白な麻のスカートひるがへし跳び越す
今朝のみづたまりの瞳

アッチャンはむかしからアッチャンでした
かと綿菓子のやうな雲に尋ねる

書くほどに心に遠くなる手紙　花桃はいま
も咲《ひら》きてゐるや

『りんご1/2個』（抄）（二〇一一・四）

ストロベリー・ロマノフ

ブーツから急にサンダルとなる朝そらまめのやうにあしゆびは立つ

ひよつとしておもひちがひにありにしか掌に夏椿の一花のかるさ

うすうすと眼窩のいたむ日の暮れにあすの下塗りのやうに風吹く

ベッドその他四角いものばかりある部屋だ梅雨のあめふる真夜中に覚め

雨の日はおとなしい町　間遠なる靴音、とほく犬のなくこゑ

雨の夜を灯し海沿ひを電車ゆくこの生《よ》のなつかしさ一連《ひとつら》となし

ゆふぐれにきうりの小口切りの音うつつに苦などあらぬすがしさ

白湯さゆらさゆらと碗に七分目やさしくあれよわが終の日は

りんご1/2個

無花果の割れて暗紅しづけきに遠くでわらふこゑがきこゆる

グラモフォンのレコード盤を拭きてをり何の準備かふいにおそろし

消防署員らラジオ体操してゐたりいいひとばかりの世と思ふ朝

逝きし友の未来の時間をわれ生きて卓上にりんご1/2個

浅野川・犀川

川の面にめまひのやうに消えてゆくあゐふるさとの雪こそ忘我

浅野川のにびいろの水に触れたるに火のごとく痛きそのつめたさよ

橋桁を打つみづおとの高からずゆふべ灯りの揉まれたゆたふ

ふきぶりの雨にけぶらふ犀川の石咬む水泡の蒼白たぎつ

夕岸に胸ほつこりとふくらませ鴨ら聞きをり川のことばを

ダージリン・ティー

なにもかもうすめて春の雪ふりぬダージリン・ティーの湯気のなかの貌

生ハムのベールのやうなひらひらが皿にあり何からしろめたく

はるのくもゆるらにながれ若き日とおなじ書体に文字を書く夫

箸置きにはしおく指のしづけさに春のゆふべはうすずみに昏れ

五秒の間

めうがのこ土よりすこしかほ出すをひらが
なに読むやうにかぞふる

青柿が坂をころがり溝に落つ五秒の間の愛
といふべく

マンションの外壁にある金属の階段　おつ
かひの途中のごとく

雨の庭に琉球月見草ゆれてをりもしかして
嘆《なげ》くとはこのやうなこと

葉の隙にいまだをさなきあんずの実けふも
わたしの石鹸が減る

じやんけんのグー

バケツの揺れに呼吸添はせて搬ぶ水まひる
積雲の濃き影の下

をちこちの窓いつせいに閉むる音ああいき
いきと白雨ゆふぐれ

あたらしき藺草の茣蓙にあしうらの忘れてゐたる細胞めざむ

往き交ひしいくたりのひと恋ほしめば身ぬちに無音のほたるともりぬ

ガサッとくるむ

ゴム長靴にバス待つをとこ新聞紙にガサッとくるんだ白百合を持つ

とことはにマリリン・モンロー笑ひをり食堂の染みある壁に貼られて

感情がもういつぱいになつてゐる黒いコートに足すものはなく

エルガーのチェロコンチェルトが鳴つてゐる父母なき後のわたくしの時間

竹刀《しなひ》

発車ベル鳴つてる電車にとび乗つた若い男
は一本の竹刀

区役所の窓口に立ちなんとなくたみくさの
感じにぎこちなくをり

そらいろのヒヤシンスの鉢のうすきかげ地
図帳のロカ岬にとどく

刻みすぐきの茶漬さらさら紅梅がひときは
にほふゆゑ　だいぢやうぶ

本に視らるる

刺すほどの秘すほどの情もたざればマント
のフード被らずに行く

まつしろい薔薇を夕日の輝かせはなびらの
うちとそとがわからぬ

透明な扉のむかうに行けなくてけふの日は
やも指より昏るる

更けわたるはるのくもりの水飲み場手を洗
つてゐるのは誰の影

一冊の本に視らるる感覚に羞しみてゆつくり書架より離る

林檎酒《シードル》の泡

ほんたうにいいのだらうかなにもかも軽く詠へと　林檎酒《シードル》の泡

いつぽんの勧誘電話あるのみに乳液のやうな午後がふけゆく

アンニュイは人ゆゑ在るゆゑ　てのひらにけふのレシート三枚のこる

キッチンの漬物石がしづしづと動いた気がして　雨夜更けたり

九九をいふ少年のこゑすぎゆきぬ寥廓として夏の青空

死海の塩

橋わたる日傘の影がわれよりもくつきり川面をうごきてゆきぬ

炊きたての飯《いひ》を死海の塩に結ぶ全きを掌に入れたるごとく

何の翳かのびちぢみする午のほとり誰からも遠くいまはありたく

圧倒的光量となる東京に新幹線の旅を終へたり

自愛の蜜

さうかいぢめられてゐたのかあの時は　自愛の蜜のしばらく溶けて

秋天のターコイズブルーに邃々《ふかぶか》と支へられたるけふの背筋

あきかぜがゆふべの肩に沁むるころ返歌を彼岸のひとりにおくる

鋪道に踏まれしいくつのぎんなんを自転車の影がもう一度轢く

通過する成田エクスプレスの果てのはてパリのパサージュはしぐれのころか

鎌倉点描

半眼にうつるはなんぞ大仏は時間のなかにおはさずおはす

ほそきあめ降るしづかなる長谷の路地鎌倉彫の彫刀はしる

点描のやうな花芽をあふぎたりやさしきこたへ待つにあらねど

段葛《だんかづら》をあゆむ人らもいつか消ゆ遠近法のはてのさびしさ

影踏みをしつつ山道のぼりきてけふのひと日のすでにはるけし

時間の裾

目の前にドアが閉まる発車するあはれ時間の裾に触れたり

街上のなべての信号赤となる一瞬なにかが煮えたるにほひ

どのやうに静嘉堂文庫に行きにしか誰とでありしか　あれは雨の日

すれちがふつかのま煮干しのにほひ立ちいつたい何故であつたのか　さびし

夜の駅に回送電車走り過ぎいつそうからださむくなりたり

＊

民放のスタジオにキューを出す一瞬ゆびさきにありき　絶対の一秒

ふはふは

羽根ぶとんのつつむふはふは　ゆるやかに
わたしのけふが溶け出してゆく

桜餅のうすき塩味愛《かな》しけれさむきあめふる
この世の時間

マニエリスムの聖母かもしや　頸椎を牽引
されてゐる十五分

をさなごはひみつのことばを口よせてほた
るぶくろの花にしまへり

はつなつのこのあかるさに佇めばとほき日
の子の蒙古斑見ゆ

ダイアナ

日本のいづこに揺れてゐるならん広告写真
のこの吊り橋は

けふは洗濯日和とテレビに指示されて日本
の女はかはゆかりけり

沓き日が縄跳びしつつ近づき来ポール・アンカの「ダイアナ」とともに

木の椅子と檸檬と朝刊むきむきに鏡にありて位置のさびしさ

七月の青空うつるショーウィンドーに水玉模様の服侵入す

ろ列－13

罅入りし古伊万里の皿捨つるときふいに悪寒のごとく美し

立ちゆきし人の空席いつまでも目の端にあり　ろ列－13

洗濯機がわが家に来し日級長になりたるごとくうれしかりけり

あの子が　あの人になつて偉くなつてそして突然死んでしまへり

蟬しぐれ歇みし一瞬ひえびえととほくで誰
かがかくれんぼする

身の内に秋の暗水《くらみず》しみとほりコスモスのは
な咲《ひら》きゆくやう

弩《いしゆみ》

秋の日に城壁の弩みしことを誰にはなすと
いふこともなし

樹木図鑑みつつたのもしこれの世に数限り
なく樹木あること

思はずも手放してしまつた風船のやうなさ
よならわたしにふたつ

ゆふぐれの警報機鳴る踏切に銀色のボール
ペン落ちてゐたりき

冬の配線図

口中に与太者ほどの柿のしぶのこりぬ空のあをふかくして

神隠しにあひたるやうに冬の日を四日つひやし花豆を煮つ

うす日差す神保町に蝦夷鹿の冷肉《ひやにく》食ひぬ歳晩の昼

北空ははやもかげりて金目鯛の煮付のあぶらの浮き紋ひかる

青墨にほふ

踊り場の窓枠にうすく雪つもりたれのせいにもあらぬ寂寥

みかんともるほどの明るさ遠縁のをさな幼稚園に入りたるしらせ

なんといふやはらかき声にいふものか幼の髪に触れて言ふとき

いつしらにグラスの氷塊溶けゆきてあるはずのなき青墨にほふ

蓋はんぶんかぶせた湯舟にほどく身にさびしいですねえとたれかいふこゑ

薄荷パイプ

お祭りの薄荷パイプがあらはれて春の夜われのくちびる湿る

楷書にて桝目を埋めてゆくときの万年筆の先に春の日

しづけさの何の殺法とおもふまで咲ききはまれる白き牡丹花

ブリリアント・カットのやうな雨後の刻せのびしてゐるこころとからだ

光暈のあふるる午後に見失ふさつきまであつたはずのくやしみ

そらいろのドロップが缶より零れないだんだんうすれはじめる期待

ゆうらりとほうたる飛べば〈う〉の音は夢二のをみなの撫で肩のやう

秋の仮構

母が　わが手に触れつつさはらせてねと言
ひし金沢のあの秋の日よ

カーテンのレース透きくる明るさに秋の仮
構のごとき椅子かげ

ブロック塀にはりついてゐた秋の日が庭の
水引草に移りぬ

腰痛にふいに襲はれデルフォイの神託きく
ごとわれ身じろがず

にぼし割く指しぎやくてきになりはじめあ
るいはとほくダ・ヴィンチのユダ

金沢の譜

雨冠の漢字の強度霙より霰より雹　金沢は
雪

あえかなる涅槃団子を拾ひにき二月の虹の
ごとき記憶よ

蓮如忌の稚児行列は化粧してたどたどとゆききさくらのみちを

兼六園の夜桜しろく凄々と互みの記憶のなかに咲きをり

垂直に咲くむらさきのかきつばた凜々《りり》としてとほき日が差してゐる

「お道忘れ」と言ひて土産の菓子を出す祖母のことばの耳底にあり

秋暑き観音町にたしかむる下駄屋、醤油屋、日暮れのにほひ

天神橋の欄干の冷えつたはるに研ぎ出してゐるひとつおもひで

雪昏くふりやまぬなか剝製のわれか佇ちをり浅野川辺に

泉鏡花が長煙管ぽんと打つおとのしたやうな　ひるの尾張町ゆく

はつなつのあの街角にいまもなほながれてをらむ焙じ茶の香は

一点いまスプーンのごとく朱にひかり日本海は夕街のはて

ミモザ活くる茶房出づればまなくしてゆき
となりたり香林坊は

あられふいにゆふべの街にたばしれば遺恨
も思慕も琅玕のごと

織つよき牛首紬《うしくびつむぎ》のあたたかさ加賀のをみな
の立ち居のやうな

もう秋と犀川の水さらさらとさらさらさら
とゆく季のおと

金沢に拠りて行き来し歳月やまならうらにし
まふふたすぢの川

冬に

あかるすぎるまひる林檎に刃を立つる　杳
き鎖骨のありありと顕ち

寒あかね炎えて遠街ひそみをりことろこと
ろところゑするやうな

全身にゆきのにほひをまとひたるこどもが
をりぬ。ほら、わたくしが。

ふとんわた、綿菓子、メレンゲ、ぼたんゆ
き、泣きたきものが身のうちを過ぐ

寒暖計の水銀柱はうごかない夜が正装して
ゐるゆゑに

ついと柚子ひとつ捥ぎたるわが指が勲章の
ごとしばらくにほふ

なにもかも忘れたふうに手をふつて赤きマ
フラー行つてしまひぬ

顔半分おほふマスクにはんぶんのわたくし
となり浮遊してをり

月光がただつくねんと照る坂に電信柱の影
がねころぶ

ベテルギウスひかる空より垂れてゐるノア
幼稚園のぶらんこの時間

三月がスキップしながら蹤いてくるバター
ナイフを買ひにゆく道

『ポストの影』（抄）（二〇一九・九）

ポストの影

朝の儀式のベッドの上の体操にティンカーベルがふいに乗りたる

「なごり雪」ワイン飲みつつおんおんと泣きて聴きゐるわれにおどろく

「お元気で」ありふれしことばに別れたり花水木のした黙し帰りぬ

ポストの影あはく伸びたるコンビニまへ春の愁ひが溜まりてゐたり

どうしてもといふにあらねど見にゆきぬ老女がヒロインのポーランド映画

浴槽にデフォルメされたる痩身のパーツしづけし薄明のなか

香ばしき穴子しんみり舌に溶け春のねむたき空はてのなし

雲のかげゆるらに過りゆく庭に虎耳草《ゆきのした》の浅き根を抜きてをり

橋の名を四つ唱へて水を飲むしやつくりどめの呪《まじな》ひをせり

お使ひの母の帰りをいもうとと待ちてゐたりき　今も待つ何か

あんず咲き二階に本読む夫のゐてはるのひぐれは嘉《よみ》されてゐむ

はるの空みあげてしばしかんがへる人間《ひと》の一生《ひとよ》の晴天の日数

われよりも丈長き影が蹤きてくる年齢不詳のピエロのごとく

うち重なるレジ袋あまた雨にぬれ塵芥《ごみ》集積所さむく勢ふ

ていねいにローズソープにゆび洗ふ学都コインブラにゆきたき朝

「そのときはたぶんゐない」のそのときがじわりふえゆく　樟の木が鳴る

青信号が街のはてまでつらなりぬピアノソナタのやうにさびしく

デパートのイート・インにて麦酒のみしばし壺中に棲みゐる心地

過ぎてゆく時間のなかの昼食に黄身もりあがる玉子かけごはん

馬の腹

春の芽のやうにをさなご現れて坂道におごそかな咳ひとつせり

わが額に白を刻印するごとく辛夷の花がひとつ咲きたり

銀太の曳く観光幌馬車にゆく街にふはりふはりと柳絮とびかふ

銀太かつて輓曳競馬に出たりしと　体重1トンただおとなしく

馬の腹にうまれてはじめて触れたれば思ひもかけず涙こぼれつ

グレゴリオ聖歌

部屋も夫も若葉の反照に包まれて清《すが》しかりけり「在る」といふこと

「蕁麻疹」の文字が箒にまたがれる魔女のごとくに迫りてくるも

みどりごは虫笑ひして眠りをり春のまひるのそこぬけの寂

「誰そ彼」と聞こえたやうな　むらさきの五寸あやめが暮れてゆきたり

口蓋垂《のどちんこ》みゆるまで大きなあくびするをんなを乗せて電車は走る

追焚きランプ点る湯舟に聞いてゐるグレゴリオ聖歌のやうな雨音

鯔《ぼら》待ち櫓

なぎはてる海は秋陽を吸ひ込みて鯔待ち櫓しんとあるばかり

大釜に煮る海水はあめいろを湛へて黙す能登塩畏《かしこ》し

木の鑑札つるして雨の朝市に輪島のをんなの鰈売るころ

運転手の問ひに老婆の応へゐる能登弁ぬくし雨の路線バス

聞いてゐるやう聞いてゐぬやう

フリースの手ざはりやさしきこの軽さ派遣社員の姪をおもひつ

おべんたうが食べたいなあと温き日の差す枯原に亡き母とふたり

ぬばたまの夜の銀行の三階の塾に吸はれゆく小学生ふたり

このわたを箸に掬ひて風音を聞いてゐるやう聞いてゐぬやう

有ることがうそのやうなる昼の月うかびて
ゐたり小寒に入る

ひとつふたつ飛びはじめたる風花が無数と
なりぬそのあつといふま

強情なをさなごと対決するやうに文旦の厚
き皮ぐぐつと剝く

不思議を置きて

電柱の影よこたはり海ちかき駅に二輛の電
車待ちをり

夏雲の下に遠泳してをらむとほきあの日の
わたしはいまも

パラソルの明るき影と歩みたりいもうとと
あゆむやうにうれしく

おのが重さ支えてひらく芍薬のしんかんと
して白のかがやき

ヴィシソワーズ匙に掬へばわたくしのカレンダーひらり七月となる

かなかなのこゑはこの世のわたくしの輪郭を須臾きはやかにする

星の本、植物図鑑、地図帳と不思議議を置きて身のほとり暮る

金沢は秋

五木寛之名づけしほそき「あかり坂」廓のにほひ沈みて日暮れ

浅野川の橋は秋日を反らしをりわたしがつねに帰りゆくところ

ぽつんぽつん灯の点る廓しんとして過去世のやうに靴音ひびく

ゆふぐれは裏の通りにはやく来て垣根の薔薇をうすあをくする

「北陸にはめづらしく晴れた五日間」と言ひて妹と駅にわかれつ
こはれない空

秋の日に白飯《しろいひ》炊けるにほひしてどこまで行つてもこはれない空

「笹寿し」の笹の香のこる駅弁を食べをはるころ糸魚川は雨

唐辛子の瞋《いか》り絶頂の赤色が風に吹かれて軒端にゆるる

空間も時間もなくてからすうりぽつんと天地のひみつをこぼす

水仙は凜《さむ》くかをりぬ垂直の系列としてわれに子と孫

職人の手技たしかな爪切りがてのひらにありほのと重たく

ことしまたみかんをのせて炬燵ありわれらふたりの初冬の構図

九文七分

ソフト帽に九文七分の足袋の父が遠近法の
はてに佇む

能登産のころ柿は朱すきとほりふるさとび
との息の緒しまふ

楽しいことがなんにもない日に潜り込む炬
燵はふくふく牡丹餅《ぼたもち》のやう

冬のひぐれの机上にありし封筒の白の清冽
　それからのこと

薄氷《うすらひ》がジグソーパズルのやうに割れだれに
でも死はたつた一回

訪ひきたる若き巡査は防犯をやさしく説き
ぬ　さびしい午後だ

水平線に触るるとき陽が「あ」といひぬ冬
がやうやく終はるころほひ

こどものじかん

真つ暗がなくなつてしまつたと思ひしにむ
かしのまつくらのあしおとがする

春の日にスカートを縫ふ若き母シンガーミ
シンを踏みてゐし音

首飾りにつくりしぼんさん*赤ぼんさん杳き
わたしがくさはらあゆむ

*白詰草のこと

いうびんうけの気持に手紙を待つてゐるな
かよしだつたよつちやんからの

ほんたうにノンちやんは雲に乗つたかしら
ただぼんやりと空を見てゐる

ゆみちやんの顔を夕日があかく染め下駄隠
しの下駄まだ見つからぬ

氏神さまの秋のおまつり拾円の紐つきハッ
カパイプを吸ひぬ

冬空にかがやく星の音がした積木で家をつ
くつてゐたら

筆に墨汁いつぱいつけてしんけんに書き初
めをする。見て、「希望の年」

ふるさとの土手につくしを見つけたりをさ
なきわれに逢ひたるやうに

ハンケチ落としにおとしたものはなんでせ
う　きつとこどものじかんだつたの

カフカ小路

庭草が夏のひかりをそよがせてしづかに重
さのない刻が満つ

生と死の間に老、病あることのふかき楔よ
　梅雨が近づく

貝母咲き宝鐸草《ほうちゃくさう》さく朝庭をながめてをりぬ
　どこへもゆかぬ

ボヘミアンガラスの罅に触れてをりカフカ
小路はいまごろは雨

虹の下に明るく町の広がりて「じや、また」
とたれか挨拶してゐむ

解剖図

去年の夏なに着てゐしかおぼろにて他人の
やうにわたしを探す

鋳物琺瑯大鍋に作るラタトゥイユ夏をわん
さとたたき込みつつ

ラテン語に書かれし頭部の解剖図おごそか
にして意匠のごとし

けふよりもあすが良くあるべしといふほん
たうかしら　冬瓜を煮る

ジャンヌ・モローの口角下がりしくちびる
のモノクロの艶いまにおもひつ

秋明菊とこきりこ節

薄日差す五箇山にしろき秋明菊ゆれをり過
去世とうつつは融けて

いろり辺に薬湯飲みつつ聴いてをりこきり
こ節のとほき祖のこゑ

山霧が意志あるごとく湧く里に加賀藩流刑
小屋は在りたり

みぞそばのかたへゆくとき旅人のわれに影
あり五箇山は秋

白く澄む秋の光のなかに食ふ氷見のしろえ
びのかき揚げかろく

「御堂関白記」

マフラーの深き緑を巻きてゆくわたくしを
知る人のなき街を

秋日しづかに差し込む館に見てゐたり千年
前の「御堂関白記」

たつぷりとまことゆたかなる墨痕よ藤原道
長いかなる男

カシミアの黒のコートはいくたりの葬に会
ひしか　冬が近づく

いまもなほ雪の立山連峰が壁にかかりぬ亡き義弟《おとうと》の部屋

針金の人

能の足袋は生乾《なまかは》きのまま履くと言ひし関根祥六*のことば忘れず

*観世流能楽師

人生まで伝染してくる感じせり　となりの男の煙草がにほふ

百均に籠いつぱいの買物し千六百二十円払ふ　うれしも

この日ごろ身に近きもの隠れたり　めがね、つめきり、電子辞書、われ

卓上の茶碗のお湯はすでに冷めおいてきぼりにされたるやうな

雁皮紙に散らす青墨の文字かすれ外はきのふとおなじゆふぐれ

こどもらが帰つてしまつた公園に水のやうなる夕日差しをり

内臓を消して風吹く街をゆくジャコメッティの針金の人

みどりごのふぐりのやうな

水を切りつぎつぎ飛びゆく石ひとつああありありとうごく時間みゆ

「ビフテキ」はさびしきことば日本の貧の時代がにほひてゐるも

畳に手をつきて挨拶するときに明治生まれの亡き母のこゑ

いつか行かういつか行かうと思ひしに細き裏道いつしか失せて

雨が降つてゐるらしい朝しばらくをルビンの盃おもひてゐたり

みどりごのふぐりのやうな梅の実が葉の間《あひ》に見ゆあああはしけやし

六月の薄暮にひかるシャンパンの細かき気泡　いまたれか去《い》ぬ

黒葡萄

涼しいのかさびしいのかも分からなくなって見てゐる遠くの花火

蟬声がわたしを縛るギザギザの感じにきつくあるいはゆるく

黒葡萄のつゆけき汁は滴りぬベックリン画集「死の島」のうへ

扇風機の風に新聞がかそかなる音たてたてなまなまとめくれてゐたり

「バナナボート」のどすある声は貧しさの残るあのころのわれらに沁みき

わが非在の夏もおなじく日の差して庭隅に蟻はうごきてをらむ

老酒すこし

「叱られて」くちずさみをればあはれあはれ記憶の中の人らやさしく

可愛がつてくれし近所のおねえさん不良だつたと後に聞きたり

K君とS君に逢ふ卒業後六十年経てみなとみらいに

またいつかと言ひてわかれぬ円卓のグラスに老酒すこし残して

帽子とりて道尋ねくる老人にたたずまひといふことば思ひつ

固定電話の使用率30パーセント固定電話にながばなしする

虚を衝かれたり

手袋をせずに出て来し夜の街にいつぽんいつぽん指はあたらし

自販機に釣銭かがみて探すとき冬のひぐれのふいにさびしも

すれちがふ束の間をさなごにつとすおもはずわれは虚を衝かれたり

「悠々と戯れて下さい」と書きくれし古き葉書に救はれてをり

コンビニのコピー機にコピーしてをれば晩年がふつと過りてゆきぬ

クローブのかをりのやうに暮れてゆく春まだあさきうすあゐの空

土曜日の黄昏

青色のゼムクリップ古き椅子のうへこの世の大事の外の春昼

をやみなく散るはなびらを仰ぎをりずつと遠くに主語のなき空

付箋の箇所貼り替へるたびなんとなく軽率な告白してゐる心地

ああわれに忘れた昔とわすれないむかしがあつて　水がにほふも

天井から下がるモビールの針金がゆれる土曜日の黄昏のやう

わたくしの夜のうしろに不連続の連続ありて街とほくなる

ノルウェージャズ

飛行船より降りたのかしら　蓬けたるすすきの原にわたくしひとり

焙烙に加賀の棒茶を焙ずればわが手いつしか亡き母の手ぞ

キッチンに水おと鍋の滾るおとそして童子《わらし》の隠るる無音

古いレシピにパリブレストを焼いてゐる末期《まつご》のやうに空が青くて

あるときは石は祈りてをるならむよわきひかりの差す道の端

ノルウェージャズの海いろの音のさびしさに酔ひたり昼の駅前ライブ

をととひのあさってのわれが歩みをり春の来むかふ街川の辺に

母子手帳　鏡の中にをさなごがあそびぬ春の雪はふりつつ

須臾のまの梢の揺れは飛び立ちしほほじろ一羽の体重のゆれ

みなとみらいに日本丸が帆を張りぬはるかとほくより来しもののごとく

歌論・エッセイ

柏原千恵子を読む

一

・われはいま淡くやさしき窪みかな夕ぐれ食物が運ばれてくる　『彼方』

病院に入院して、すでに食物を咀嚼し嚥下するという身体機能の落ちている作者に夕食が運ばれてくる様子を詠んだものだが、私はこの歌に出会った時、何か夢の中に居るような、自分の身体が浄められ、おぼろにやわらかい球体の中に連れ込まれたような錯覚に陥った。作者が肉体として在るというより、作者そのものが遥かなものと繋がり、不思議な抽象的存在になってしまっていると思われた。一体、このような短歌を書く人はどんな人なのか——それが柏原を読むきっかけであった。

柏原《かしはら》千《ち》恵《え》子《こ》——大正九年（一九二〇）徳島に生まれ、平成二十一年（二〇〇九）徳島に没す。享年八十九歳。生涯徳島にて過ごす。因みに安永蕗子は大正九年、塚本邦雄、中城ふみ子、河野愛子は大正十一年、大西民子は大正十三年生まれである。

柏原創刊の歌誌「七曜」150号の北野ルル編「柏原千恵子略年譜」を参考に歌歴を記す。

県立徳島高等女学校卒。女学校時代短歌同好会に参加。

昭和二一年　二六歳　「徳島歌人」に参加。「林間」に所属

三四年　三九歳　短歌研究新人賞に応募し推薦賞を受く

四〇年　四五歳　近藤芳美に会い「未来」入会、翌年同人

四三年　四八歳　季刊歌誌「七曜」創刊

四八年　五三歳　徳島新聞歌壇選者

五一年　五六歳　第一歌集『現代徳島詩歌選集
Ⅲ柏原千恵子』株式会社出版
刊。これにより徳島文化賞受
賞
五七年　六二歳　第二歌集『水の器』砂子屋書
房刊
平成　七年　七五歳　「未来」特別賞受賞
八年　七六歳　第三歌集『飛來飛去』砂子屋
書房刊
二一年　八九歳　第四歌集『彼方』（遺歌集）砂
子屋書房刊

知る人ぞ知る、隠れファンが多いと言われた柏原だが、こうしてみると歌歴に比し歌集の数は少ない。これには健康上の理由もあったのだろうが短歌に対する姿勢も推測できそうだ。

まずは三十九歳、昭和三十四年、第二回短歌研究新人賞に応募し推薦賞となった作品から見てゆきたい。

この時の選考委員は土岐善磨、吉井勇、木俣修、生方たつゑ、近藤芳美、斎藤史、柴生田稔、阿部静枝、塚本邦雄、岡井隆の計一〇名。現在と比較すると選考委員は多い。応募数は七八八《ママ》通。選考の総括には〝目ざましい女流の進出〟という言葉があり、時代を感じさせる。推薦賞は三作品あり、その中の一つが柏原の「幾千の朝」である。

・今日われをうちしものなし灼くる砂擦りつつ
ゆきし蜥蜴のほかは

凡々たる日々の中の鬱屈、虚しさ、不全感などが吐露されている。「灼くる砂擦りつつゆきし蜥蜴」に炎昼にてらてらと眩く青を光らせて這う蜥蜴の鮮やかな姿が見え、内奥に蠢くひりひりとした作者の渇きが身体感覚を通して伝わってくる。

・苦しめる夫に注射の針さすと眩暈《めくらめ》くばかり繋
がれている

病気の夫に注射針を射すというのっぴきならぬ行為から、夫と自分との間に天体の運行の摂理にも似た関係性が厳然とありその関係性から自由ではありえないと気付いた時、それはめまいするような束縛の再認識であった、ということなのだろう。

・撃たるれば弓のかたちに身のしなうかかる刹那を持ちたしわれは

撃たれた瞬間、死に向かって身体が弓なりに反るという鮮烈で残酷な美しさ。神話にでも繋がっていくような明解なフォルムが想像される。そういう刹那を持ちたいのだと。日常というものの微温湯のような懶惰な時間の連続ではなく、精神も肉体も共にきりきりと呼吸する自覚的な生を願う。当時の作者にとっての現実がどうであったかは分からぬが、凡庸に消費する生は耐え難いことに思われたのだろう。(何をもって凡庸というかは措くとしても)

・ことごとに負けゆくわれの後方《うしろ》より熱きてのひらのごとき夕映

この歌は吉本隆明の『言語にとって美とは何か』で〝意味性をなんとかして現実の思想の意味性に近づけようとする極限の表出〟の例として引用されている。

・翳もなく畳に冷ゆる一挺の裁ち鋏あり昼とめどなし

昼という時間帯のアンニュイと作者自身の倦怠。そうした情景の中で、裁つ、切る働きを持つ鋭利なモノとしての鋏のひえびえとした質感。そこに現状打破の欲求が読みとれる。この鋏はこののち柏原作品に度々出てくるのだが、柏原の心理の奥深い処に呼応するモノのようである。

・ジンフィーズにあたためているこの夜もながき余韻のごときか夫は

・杳きもの見おればリスの子のように夏の蜜柑を食みおりわが子

二首共に家族を視ている妻、母の目がある。「幾千の朝」の中にはこうした家族詠が七首ほどあるが、その後は殆どなくなり、対象の摑み方も輪郭ではなくその核に迫り、翻って作者の内面を凝視し、内と外とを響き合わす柏原独自の深い作品世界を生み出していくことになる。

短歌研究新人賞選考委員で柏原を推したのは岡井隆、塚本邦雄、木俣修の三氏。岡井隆の選評は柏原の才能を認めた上で、かなり辛口のものであった。塚本の評は「眩暈、夕映、弓等の秀作にこめられた作者の烈しい嗟嘆の鬱屈が全篇を貫いていたらこの作品は出色のものとなっていただろう。単なる市民《ブルジョア》の妻の歌という日常的次元から脱出し得た作者の覚醒と凡庸ならぬ技術が、一方無意識にカタルシスを綺麗ごとで終らせようとする甘い態度と相殺現象を示し、大半が皮膚感覚だけにうったえる、稀薄な、幸福のうたの印象を与えるのは残念である。」というものだったが、中央から遠く離れた徳島という地方の一主婦にとって歌壇の中心的歌人からの評は、強い喜びと緊張と自省を伴い乍ら自己への励ましとなったに違いない。この後柏原は肚を決めて自分の進むべき道を歩みはじめたのだと思われる。「専業主婦」という女性のひとつの立場、存在そのものが消えかかっている現在、「幾千の朝」は心象の表出に女性の本質の普通性を読み取りつつも、表層的には〝時代〟を感じさせる。と同時にこの後五十年の歳月を経て『彼方』に辿りつく迄の最初の第一歩がここから始まったのだといえる。昭和三十四年は皇太子御成婚パレードがテレビ中継された年でもあった。

二

昭和五十一年、五十六歳で第一歌集『現代徳島詩

歌選集Ⅲ柏原千惠子』株式会社出版刊を上梓。歌集名というには余りに即物的な集名である。作者自筆のオフセット版で一頁に二首組みで並ぶ。字は達筆。目次は最初の「班女」以外は総て漢字一字で、何かギクリとさせられる。次に目次を記す。

葉、左、紋、眩、杳、霧、紲、行、泝、緋、街、封、晴、芽、燭、巫、昧、縞、旗、紙、山の全部で二十二。漢字の意味と作品の関係はダイレクトではなく、この目次の意図は何なのか分かり難いが、何か強い意志のようなものを感ずる。跋文もあとがきもない。異色の歌集という印象である。

巻頭「班女」一連にこの集の核が凝集し、能の「班女」に繋がる女の情念の深さが冥くひたむきに詠まれている。

- ただ狂へ思はれぬ身はただ狂へ降りつつ消ゆる雪の早さよ
- 炎天の道いそぎゆく女にて地獄のうつる鏡を買はむ
- 褐色に脂を吸ひしつげの櫛そのはの間あひだの沼地
- まなこの穴堕ちゆく果てにわが脱ぎし怨みの舞の小面の面

最近は作者と作中主体は別という読みが常識になっている。この一連が虚か実かは措くとして柏原は能の「班女」をひとつの手段として、狂うほどの愛恋の奥にある代替できぬ孤の空しさ、或いはリルケの言う「人は死を内包して生きている」という意味での自己の死をみつめていたのだろうか。「一途」や「狂う」ということは反面、個そのものが視野狭窄に陥った状態ともいえる。それゆえ一層ことばと作中主体との距離がなくなり、読者はその作品世界に引きずり込まれてゆくことになる。業ともいえる女の情念のかなしみへの柏原の集中力、ことばの凝縮力、密度の深さが、ある様式美にまで到達してしまったと思えるほどだが、その焰の強さに何かたじたじとなってしまうというのも正直なところである。

生い立ちを見ると生家は享保年間まで続いている足袋製造卸の老舗であり、また寒冷紗の特許をとって大きく販売する、女中さんが十五〜六人もいる大店の総領娘であった。九歳で生母に死別。継母との間に葛藤があり、自分自身を抑制しようと考えて無言に近い日々を送るようになり、浄土真宗親鸞の「地獄は一定すみ家ぞかし」に深く打たれ、日常生活の中で「死」を自分の身に繰り込んできていたという。（久々湊盈子インタビュー集『歌の架橋』参考）しかし柏原の長女三久潤子に筆者が聞いたところ、千恵子はリルケが好きで、サルトルが気になっていたともいう。また北野ルルのスクラップブックには、徳島新聞、昭和十四年十八歳正月、初釜の席として初めて結った桃割れ姿の写真と共にゴーゴリやツルゲーネフを読んでいたというコメントの付いた「青春アルバム」という記事が貼られてある。この頃から日本だけでなく西欧やロシアへの文学や哲学への関心は高かったものと思われる。そうしてみると、

・ひとりなる存在《ザイン》に夜の床の上嗾《そその》かしくる声々あらむ

と存在にザインと振ったところなど分かる気がする。一方この集には日常のくらしを詠んだ詩的結晶度の高い作品が多い。

・射し透す光線のなか巌《いはほ》より草に移りてゆくまでの蝶
・うひうひしきものに触れをり赤き根の菠薐草に水はしらせて

一首目は実にしずかである。季節はいつなのだろう。自然の中の一隅をじっと見つめている。凝視なのか、あるいは放心なのか。何でもないすぐ忘れてしまうような、ある時間の断片。しかし深読みすれば無音の光の中を移りゆく蝶は作者自身かも知れぬ。結句の「までの」に込めたものを思う。又、冷たい水の中のほうれん草の控え目な、それでいてくきや

かな赤い色に水の感触と共にふっと安らかなよろこびを作者は感じている。

・昼ながくただよふ果てのごとくして水に沈むるひとつ白桃

・くらやみをみごもりしかな剝製の雉とひとつの部屋に眠りて

一首目には昼という時間に対する感覚がまずある。朝でもなく夜でもなく何か平坦な時間帯。そこに美しく柔かく、手に触れることとは無関係に静かに白桃が水に沈んでいる。実際はりんごやぶどうと違って白桃を水に沈めることはないだろうから作者の心象の詩的な象徴美の世界と読める。視覚的には鮮明だ。

二首目には人間の原初的な姿までおもいが遡る。何かあやしい受動的な存在として、ワレワレもこの部屋にいるように錯覚してしまう。くらやみ、みごもる、剝製の強い言葉のせいか。

・宵闇にまぎれむとしてしづかなる壁に埋めあるスイッチひとつ

・夕刻を高きところにのばしつつ皿かさねゆくは誰の手首か

このスイッチと手首の絶対的な存在感。背景が殆ど消され、スイッチと手首がクローズアップされる。そのことにより深く、広々とした空間がせり出してきて、物体が空間を支え、空間が物体そのものをきわやかにする。そのきわやかさ故にデフォルメした幻視とさえいえそうだ。捨象とはこういうことだと柏原が言っているような気がする。しかしこの二首目の歌は遺歌集『彼方』では次のように変容する。

・ひとのこぬ我家に「時」の澄みわたり重く白磁の皿かさなりぬ

歌の形はシンプルであざやかだ。「時」が形象化され、思弁的な「時」が読む者の心に深く届く。

・街のなか不意に日昏れて四五人の男が赤き気球を運ぶ

・くれてゆく窓のガラスにおしひらく指よはるかな帆柱に似て

一首目は難解な言葉もなく、情景も分かりやすい。しかし何か不思議で無気味だ。街の暗さと気球の赤色との色彩の重い対比。この男達はどんな人間なのか。そもそも赤い気球とは何なのか。一首全体が暗喩なのか。それとも端的な叙景なのか。何かひっかかる。そこにこの歌のすごさがあるのだろう。

二首目は感覚がシャープだ。仄白い色彩と明確なフォルムがうかぶ。と同時に何かはるかなものへ、遠いところに向かって出発してゆくようなあくがれや希求をよびおこし、澄んだリリシズムが生まれている。

・押し迫る青葉のなかの家にして柱時計は血をしぼるなり

・三百年の家業の末のくらやみに水のしみ入る水の層ある

この二首に柏原の生活が伺え、大店であった生家への強い誇りと「家」への責任、その家に流れて過ぎていった時間や愛憎が深い息づかいと共ににじみ出ている。

「七曜」21号批評特集では同じ徳島県人で、姉が柏原の短歌仲間であった瀬戸内晴美（寂聴）が「美しく烈しく哀しい人に」と題して寄稿し、葛原妙子、山中智恵子、馬場あき子等が書簡を寄せ、地元歌人が懇切に評した。そしてこの歌集は徳島文化賞を受賞した。

三

第二歌集『水の器』は昭和五十七年、柏原六十二歳、砂子屋書房から出版された。第一歌集『現代徳島詩歌選集Ⅲ柏原千惠子』を上梓してから六年後のことである。

短歌研究新人賞に応募し、推薦賞を受賞した時の選考委員であった岡井隆の選評はかなり辛辣なものであったが、この歌集『水の器』は、その岡井隆をして「名歌集とよぶにふさわしい本である。『水の器』のような名歌集は、一生のうちそう何冊も生みおとすことができないのである。」（「七曜」100号）と言わしめたのである。

たしかに第一歌集と第二歌集では大きく変わっている。第一歌集にあった強い情念や、ダイレクトな個の詠嘆は影をひそめ、底深い湖を胸にかかえながら、その澄んだ湖面に映るものを慥かに吟味し、しずかに言葉にのせていっている。一体、この六年間にこれほどまでに変わったのは何なのか。現実生活に何か変化があったのかも知れないが略年譜からは分からない。

対象をしっかり見て表現技術を磨く――というのが短歌の上達方法として一般的に言われることである。しかしこの『水の器』は上達などという次元とは全く違うところで作品が成り立っているように思う。第一歌集と第二歌集では何かが根本的に変わった。柏原の立つ軸足・アイデンティティーに大きな変化が起こった気がする。表記の上でも漢字に正字が混じり始める。

・鈍《にび》いろの傘おしひらき雨の中へ生れしものの
　ごとくゆきける

ある覚悟、意を決して新しい世界へ踏み出してゆく。新生への昂揚感に近いものが伝わる。しかしそれは決して花柄の傘をひろげる明るい華やかさではなく、鈍いろの傘をおしひらくところに単純ではないものがある。しかしゆっくりとした言葉はこびなので硬い直線的な感じにはなっていない。

・われの来て指さしたればたやすくもくれなゐ

の肉は秤られにけり

・一片の肉が包まれゴムの輪がかけらるるまで
　のたそがれぞ濃き

肉屋の店頭のありふれた景である。ほとんど意味を持たない些末が切りとられているのだが——。一首目は実写フィルムのような動きに、削ぎ落とした単純化があり、それが作品を鮮明にすると同時にふくらみを与え、余白が生まれている。

二首目は肉を注文し待っている間の夕暮れの光や空気がまさまざと感覚され、あの飴色の輪ゴムがパチンとかけられた時のかすかな音もきこえそうだ。水彩画のような淡々とした日常をぽっと切り取ってみせたことで、無為の美しさが際立つ。

・晴れわたりみながらとほき昼つかた手より滑
　りて石鹼《ママ》かほる

晴れわたって、ものがみな遠くみえるということと手から滑りおちる石鹼が匂うこととは何の繋がりもないが、一首を統べている時空間・遠近感が嗅覚と共に作者の心理に作用して一つの世界が出来上る。初句が用意周到だ。

・凍みる夜のわがうちがはに卒然と興る笑ひを
　いかにかもせむ

凄みのある歌である。作者は何を見てしまったのか。何が分かってしまったのか。何かの深淵に触れた認識の笑い。作者自身に対しての。あるいは他者に対しての。初句の限定が二句以下に効果的に働き、また「卒然と」が自己制御できぬ人間の感情のふしぎを余すなく言い表していておそろしい。

この歌集には桃を詠んだ歌がいくつもある。「桃」について柏原は次のように言っている。

「理想に描く心の状態は、桃のイメージに最も重なる。桃源郷の桃のようにいいことずくめのものではなく、精一杯やっても……しかできないけど、精一杯努力する自分の心を昇華させると熟し切らない淡い桃のイメージになること。（有名人インタビュー『七曜』主宰歌人柏原千惠子さん――より）また「七曜」会員の萬宮千鶴子の話によれば、柏原の家の庭には桃の木は一本もなく、歌枕のように用い、すぐ傷むやわらかさやあやしさに感覚として対面していたという。

・とほくより空をはなれてくる雪にはつかに遊ぶ夕ぐれの桃

桃は花も実も葉もすべてふり落としてきた裸木であろう。その裸木の桃が降りくる雪とさながら遊ぶように立っている。冷え冷えと寒い夕暮れに。桃の木に過ぎて行った時間。そこに重なる作者の時間。遊んでいるのは柏原自身かも知れない。ゆったりとたおやかに詠まれることにより、自ずと生まれるしらべの美しさと空間の広がり。漢字と仮名のバランスもいい。

・母享年三十歳わが苦しみのなべてはそこにただかへりゆく

前回にも書いたが柏原は九歳で生母に死別している。そこから継母との間に葛藤が生まれた。そのことが柏原の原点となっている。この一首を詠まずにはいられなかった気持はどういうものだったのだろう。母と娘という関係性を考えると、具体的なことは分からぬが痛ましい気がする。

・小さなる郵便局をいでしよりゆくへ知れすともしやいはれむ

日常の中でふっと瞬間的によぎる感覚である。特に「小さな郵便局」なのである。この限定がリアル感を生み下句を支え、納得させる。（多分、小さな町のなじみの郵便局だ。）この一首に、感覚の真実を突かれたという気がする。

・亡きものか薄き日向のひろがりに蝙蝠傘《かうもり》ほそく巻きていゆくは

作者のおもいは幻視の人を顕たせる。リアルに情景が想像されると同時に一首全体が薄日の中にぼんやりと溶けてゆく。

・莟もつ夾竹桃の夜半の木のしづまりはてて猛きかな

実に丁寧に見ている。その上実に丁寧に言葉を選んでいる。

・くらぐらと病む内臓につづくがにありたる山にいま冬日さす

病むことの多かった柏原である。しかし自分の病んだ内臓が山と続いているという感覚はとてつもなくふしぎだ。がにと言っているので直喩だが、柏原は言葉をパズルのように嵌めたり弄したりしないから、これは直感的に繋がったのだろう。

・夏ごろも透けるを着けていゆけるはこだまの還りゆけるはかなさ

絽や紗の夏の単衣を着ていく時のかろやかでたのめない、それでいて涼やかな感触、体感を下句が言い当てている。しかしこういう感じが分かる女性は今はもう少なくなってしまった。

・銀の匙はつかに塩をのせてをり青山川のぬばたまの夜

・青葉かげ冷ゆる畳に殺ありき盗もありきといひはなちたし

柏原が短歌研究新人賞に応募した時、懇切に選評した塚本邦雄は、徳島新聞「現代百人百首」（15）に右の歌を含め五首を引きながら読み解き、「岡井隆のさわやかな解説が印象的」という言葉を添えて歌集『水の器』を高く評価した。

四

第三歌集『飛來飛去』は平成八年、柏原七十六歳、砂子屋書房より出版された。第二歌集『水の器』を上梓してから十四年後のことである。

歌集の装丁は柏原が展覧会で一目ぼれしたという田中一村の絵をアレンジしたもので蒲葵《びろう》の葉の折れ重なる葉先の姿がデザイン化されている。灰色を含んだ緑の濃淡の色調がしずかな激しさとストイックな厳しさを表している。

『飛來飛去』は『水の器』とつながりながらも『水の器』で手に入れた世界が少しゆらいだように見える。「あとがき」には「飛來飛去」や「而今《にこん》」という言葉が私を誘うようになったと記されている。

作品世界もこれまでの日常詠に加え、入院のこと、西欧の芸術について、旅の歌と拡がっている。表現の上からはリフレインがかなり多くなっている。しらべの心地よさを意識したということなのだろうか。

・ひと去《い》にて忘れてゆきしハンカチはひとり不思議な在りやうをする

誰かが自宅に来てハンカチを忘れて帰って行った。そのハンカチが畳まれたままに、あるいは少し広がって折り目を見せながら、卓上か椅子の上に置かれている。去った人の存在を思わせると同時に、それは全く断絶したモノそのものの存在だ。くきやかにまさにひとり（独り、孤り）に。忘れられた一枚のハンカチから在ること、在らざることが浮き上がってくる。

・圓筒の紙屑入れはいくばくの疊の距離の夕さりに立つ

なんでもない見過してしまう些末だが、認識する私とモノとの関係性が生まれた時、はじめてモノはモノとして実在する。日頃〝見ているけれど見ていない〟という状態に往々にしてあることに気付かされる。意味性というより存在そのものの発見の歌といえる。

・いづくより來て枕邊に在らむとすあけびの花
　の蕊の紫

『水の器』の作品世界に繋がる一首である。ゆったりとたおやかに言葉を運びながら寂かで何か敬虔な世界が現出している。モノが遠い処から訪れてくるという感受は柏原の中に遥かなものへの繊細な憧憬の感覚があるということだろう。

・いまだわが角膜にして紺青に匂へる宵を映し
　てゐたり

視力が少し衰えはじめているのだろうか。身体の衰えを自覚した時の寂しさは加齢と共に誰もが味わうことだが、それを否定的に書かぬ矜持と、大いなる者に対しての慎ましさが共存する。三句、四句、五句の詩空間が美しい。

・遊びつつ秋の深みへくきやかに鳥なげ上げて
　ゐる晝の森

ゆたかで自由でふかぶかとしたこの世の有り様《よう》。秋の季節の中で柏原も心あたたかく肯定感と共に佇んでいる。

・細工人から藝術家となりゆくまでの青き油は
　フイ《ママ》レンツェの街

無名のアルチザンが〝個〟の顔と名前をもったアーティストに変わっていく美術史を踏まえ、ラピスラズリーを粉砕して作る青い油絵具に集約して、未だ行ったことのないフィレンツェを想像している。

長女の三久潤子によると柏原の叔父は病身で世界の絵本や本を取り寄せて読んでおり、二つの蔵の中にそれらが置かれてあったという。柏原はそうした叔父の影響の下、芸術や歴史に触れる環境に恵まれていた。また結婚の後も本をよく読んでいたという。そうした蓄積が自然な形で作品化されたと思われる。

・灯を消せば病室にひとりとならむとすランゲ
　ルハンス島もしづきぬ
・夜は夜の灯りを透すまなぶたのいたく薄きを
　思《も》ひて臥すかも

二首とも入院中の歌である。はじめの歌は一九九〇年大阪大学付属病院整形外科へ入院した折のもの。あとの歌は一九九一年徳島の病院へ転院してからのもの。

柏原は変形性股関節症を長く患っており、六十四歳で大腸癌にもなり（三久潤子の言葉）、いろいろ病を抱えながら生きていた。この二首も「病室1」「病室2」等三十余首の中のものである。

消燈後のしーんとした暗闇の中で膵臓内のランゲルハンス島が沈んだようにわが体内にあると。ランゲルハンス島という言葉の面白さ、体内にありながらヨソモノに抱くような距離感、そしてそれら身体そのものとして在る個としての孤独感。

目を閉じても病室の灯りは瞼を透して感ずる。それは若い時のような張りのある肉厚の瞼ではなく、老いて病んだ眼窩も窪んだ瞼である。その薄さを感じ、思いながらひとりベッドに臥している。「思ひて」に過ぎて行った時間と現状への自覚の寂寥が深々と籠る。

・咲くときも繁れるときもひえびえと櫻の下の
　ゆるき坂道

自己追求の後にワレに帰結、回収される書き方ではない。ゆったりとのびやかな息づかいで単純化され、あるがままの季節の中の相が弾力をもって伝わり、清潔な余韻がある。

•戸棚よりゆふべとり出す藍の濃き皿繪の魚と
　深くあひあふ

柏原が対象に向き合う時の姿勢があきらかな一首である。監濃き皿絵とは古伊万里あたりであろうか。それに魚が手描きされている。その筆の強弱ある魚に深く向き合った時、境界が溶け、何か柏原の精神と魚との間に合一感のようなものが生まれたということなのだろう。

•ひろがれる湖《みづうみ》ゆゑに暗からずしぐれに濡るる
　堅田のあたり
•旅の朝の雪野のとほく幼子の聲透りくる何に
　たとへむ
•すでに世を離れしもののごとく來て雪敷く飛
　驒の町に眠りぬ
•片よせて廣場の雪の汚るるになほし冷えつつ
　夜の米原
•研ぎいだすごとくに明けの空うごき能登半島
　に入りゆかむとす
•谷あひの坂なだらかにゆく町に木彫師住みて
　霙降りをり

旅行詠というと何かニュアンスが少し違うような気がする。本来の旅の歌という感じである。足の悪かった柏原にとって旅はいつでも気軽に行けるものではなく、憧憬を伴った非日常空間であった。それゆえ旅の風物や景の背後にその一刻《いっとき》一刻《いっとき》を生きる柏原の姿がにじむ。これら一連の旅の歌は柏原が新しい作品世界を手に入れたことを示しているようだ。

•我れとわれはてしもあらぬ夜ふけには盛られ
　て銀の椀に雪あれ
•鹽少し小瓶に殘りあかねさすこの人界の朝の

食卓

夜ふけに、朝に、生きる基本である一椀を、或いは塩を俯瞰し、ズームインして柏原は何を念じていたのだろうか。

五

第四歌集『彼方』は平成二十一年、柏原八十九歳、砂子屋書房より出版された。第三歌集『飛來飛去』を上梓してから十三年後のことである。しかしこの歌集『彼方』は残念ながら柏原自らは手にすることなく遺歌集となってしまった。

歌集のカヴァーの風景は、長女三久潤子によれば「いづこにか在るゆえ《ママ》映る古びたる外國の街の海岸通り」を読んで、千恵子の好きだったヨーロッパの風景を使おうと思い、三久がイギリスへ行った時撮影した南イギリス海岸のブライトンの、ある町の風景を用いたとのことである。

「あとがき」には「四年半程前より、身の回りのことがままならぬやうになり、視力も極度におとろへて寝たきり状態で老人ホームにお世話になってゐます。これまで左右両足の股関節の手術・大腸ガンの手術などで、自宅と病院が半々の生活をしてきました。」とある。また「〝あとがき〟のあと」として長女三久潤子は次のように記している。「歌集のタイトル『彼方』は母にとっては、あの世であり、又、文学や音楽、映像などを通してあこがれていた遠い異国であったのだと思います。」

肉体的にきびしい状態の中で詠み続けた作品は、しかし決して暗くなく透明な光を伴っている。

・雨戸より落ちしは守宮おちたれば落ちたるものの體重の音

守宮が落ちた音とはどれほどの音なのだろう。作者の耳は確かにイキモノの重さの音を捉えた。そして直截に体感として守宮に繋がった。それはこの世に生きているもの同士という平らかな感覚なのだろう。

・聲なくて見てをるわれとこゑなくてひたゆく
　雁と朝あけむとす

　これも柏原と雁とが朝空の中に共存する。空間的距離が縮まりやわらかでやさしい感覚で詠んでいる。生き物に向き合うとき、柏原はごく自然に連帯意識を持つようだ。

・古き橋のたもとに高く一本の花さく桐のその
　下とほる
・春天より來てましづかにをるものの冷えて白
　蓮の花とぞなりぬ

　一首目は何か懐かしい感じの景である。「橋のたもと」などという言葉をそういえば最近は聞かなくなった。結句の即物的表現を含め一首簡潔に叙して何か清潔でさびしい余韻がある。

　二首目は春天《シュンテン》、白蓮《ハクレン》と読むのだろう。テン、レンがひき緊まったひびきを持つ。実に美しく奥深い。哲学的であり、存在論的である。白蓮を在らしめている冷え冷えとした春のはてしない空間も視える。そして何かしら澄み透る酩酊感がある。

・春さむき晝のひかりの卓上にはフォークをさ
　しし刺されし林檎

　発想の転換の鮮やかさ。結句でハッとさせられるが、ズームアップした小さな景から柏原の作品に度々出てくる鋏に通じる、あるいは遠く死に繫がる感覚が潜んでいるように思える。

・いつの世のことにもあらね洗ひゐる米なるも
　ののさらさらとして
・いつの日の朝としもなき在りやうにわが一椀
　の粥の素面《すおもて》

人間の生存の基本である〝食〟のその中でも最も基本である米を詠んでいるのだが、その米が食べ物という属性から離れ永遠性を内包した何か聖なるもののように思えてくる。それは柏原が病や孤独と共に生きてきた末に得た、物の本質を摑む透徹した目と、深い思念から生まれた、生かされていることへの自覚なのだろう。「さらさら」「素面《すおもて》」のサ行音が清々しい。

・床板に落ちし鉛筆のころがりし音とどまれば
　「時」とどまりぬ
・宵闇をゆける一機の明滅の息づまるまですべ
　ては未來

二首とも時間が書かれている。一首目ははっきりした具体を出しての認識の歌である。冴えた意識が伝わり、静止した瞬間の時間の空白が立ち上がる。

二首目に「あとがき」の柏原の状態を重ねると、病み衰えてもなおこの今在る地上より遥か遠く未来へ憧れ飛翔していこうという強靭な精神に打たれる。調べも緊密で凜凜《りり》としている。

・きさらぎの厳しくあれと少女の日弓をひきに
　きいまだもゆん手
・ランボー・マラルメ・ヴァレリイ・サルト
　ル・プルーストあひ絡みゐてひとつの昔

過ぎ去った時間を誇り高く回想している。〈「七曜」特集2・遺歌集『彼方』この歌〉に箕浦正浩は「きさらぎの……」の歌を引きながら、自分の母親の言葉として「県立徳島高等女学校で柏原さんとは学年が違うので会話を交わしたことはないが、弓道にも熱心なきれいな人という記憶がある。」と記している。十代の頃の瑞々しい柏原が想像されると同時に、柏原にとっては、あくまでも左の手はゆん手（弓手）であり続けねばならなかったのだろう。

また二首目は柏原の西欧芸術、哲学、歴史などに対する燃えるような憧憬と関心と好奇心がいつしか教養となり、おのずから出来た歌と思われるが、現在の風潮から見るとまさにそれは「ひとつの昔」である。しかしそこには生き生きとした柏原がおり、しずかな自恃と自愛が伝わってくる。

・とほくよりきたるべくして朝の手の窪にひび
　かひ重れるレモン

初句、二句はずうっと柏原を貫いていたモノの受け止め方で、こういわれると総てのものがそうであるとも思え、宇宙の中の一点として量感をもったレモンが新しい貌を持ちはじめる。

・觸れねども不意にちかづく翳がみゆ「ものの
　け」とみゆ　ぎらりとゆけよ

ベッドに臥せていて何かを幻視したのか。気配を感じたのか。「もののけ」を死神と読むのは深読みだろうか。謎のような歌だが強くて凄みがあり、胆が坐っている。

・すべからくしづかとなりし寝ねぎはに生きを
　ることを思ひいでつも

生きていることさえ忘れている程の身体の極限に近い状態。存在の実感もなく、生への執着も希薄となり、ある種の放下、軽みが生まれているということなのだろうか。

・蠟石にけんけんぱーを描きたる風過ぐる道た
　れしも通る

遠い子供の頃の記憶が時空を超えて蘇り、涙ぐむような優しく懐かしい風景が見える。人間は誰もが心の奥処にこうした無垢な宝石を抱きながら時々それを思い出しては自らを慰め、そして又忘れ、現実社会を孤り歩いていくしかないのだ。この歌には柏原の人間に対する深いまなざしがある。

六

五回まで歌集を中心に読んできて思うのは、自明のことながら、短歌作品は、その作者を離れては成り立たない。というより、結局は作者が滲み出るものだということである。〝私性を消す〟等とよく言われるが果してどうなのだろうと思ってしまう。特に柏原の場合、生まれ育った風土の影響や、家庭環境は疎かには出来ない。

元来徳島は四国八十八箇所巡礼の地である。お遍路さんとして弘法大師と共に霊場を巡拝していくという宗教心篤い土地である。また四国三郎と異称される大河、吉野川の滔滔たる流れは力強さや真率な勢いを感じさせる。そして柏原は大店の惣領娘であり、結婚後は夫の郷里に帰ると七十基位の墓があり、墓参は大変だったという。しかしこれらは矜持でもあっただろう。

・道具蔵二階天井に吊る二體　すでに靈性を纏へりし琴

一方多感な時期の継母との軋轢は自己の精神を支えるものとして、或いは欠落を埋めるものとして親鸞への傾斜と同時に西欧芸術へ傾斜したのも諾えることである。それゆえに単に日本的宗教心からだけの諦念や放下には行かず、論理的、哲学的思考を基《もと》にした深みのある短歌が生まれたのではないか。（表現上からはそれらの気配は消されているが。）

「柏原の言葉に「常に負の立場に立って詠んでいる。」「この歌を歌わなければ自分は死ぬというくらいの必然性と危機感がなければいいものは生まれてこない。」「閑吟集の無常感にも引かれましたが、能から受けた影響は大きい。」とあるが。

長女三久潤子によると柏原は生への執着が強く、病気の検査も積極的によく受けており、きれいにまとまっている人ではなかったという。そこに生身《なまみ》の柏原の切実さが見える。
「地獄は一定棲家ぞかし」という心性と、西欧的な自覚的、自立的な感性とリアルな認識が混在している処が、柏原の作品の骨格を成していると思われる。言葉を吟味し、丁寧に掌で珠を転がすように慈しみ、ゆっくりと用い、深く心奥に届かせる。それゆえ助詞ひとつの働きも厳密で代替不可能である。佐藤佐太郎は「短歌に事柄は必要ない。」という意味のことを言っているが、柏原の作品も事柄らしい事柄は殆どなく、過ぎてしまえば忘れてしまうような些末を詠む。しかしその些末にひそむ本質、そのモノが存在する周辺の空気、コトが帯びている背景のニュアンスなどを掴む感度が高く、それを鮮やかに詩化する。些末の連続が、生きて在ることなのだという認識があったのだろう。柏原の詠風について岡井隆が『水の器』の解説に次のように書いている。「近畿文化圏の、たおやかでほのかで、しかも繊細な感情歌といっていい。女性的な歌の一つの型《タイプ》を示している。」この言葉に更につけ加えるとすれば、ストックであり、耽美的でさえある。——ということだろうか。

　これは短歌に主題性や社会性などを求め、そのことが現代の自覚的短歌作品として意味を持つ——というような価値基準や尺度とは異なる地点に立つといえるだろう。

　最近、老年だというだけで総て自己肯定し、開き直ったような作品を目にすることがあるが、柏原の場合、最後までミューズの女神に対して謙虚であり、浅く悟ったような俗な感じがない。そこにおのずと美意識がにじむ。

　柏原は現在ただ今の自分とモノやコトとの関係の有り様《よう》を詠む一方で、時間も空間も易々と超えてしまう詠み方をする。特に、〝永遠〟や〝大いなるもの〟への希求は柏原の芯にあるが（一般的に女性の短歌には少ないように思う）だからといって〝彼岸〟をただ求めているのとは違う。あくまでも柏原の作歌の軸足は此岸に在った。

・「地獄は一定棲家」といのち生きにけり「歌」ありそのゆゑに「自由」ありにき

これは『彼方』の中の一首だが、柏原の核であると同時に、自己の人生が総決算されている。作品を短歌研究新人賞に応募した時のものと、第一歌集とを前半とすると、第二、第三、第四歌集が後半となる。前半と後半には大きな違いがあるが、第二、第三、第四歌集の一かたまりもよく見ると違っている。

自分の文体を持つということは自己模倣に繋がるあやうさをはらむ。柏原にしてもそうした陥穽がなきにしもあらずの頃はあるが、そこを突き抜けて最終歌集『彼方』では深い世界を拓いて見せた。

柏原が詠み続けたのは、大仰に言えば「在ること」と「時間」であったのではないか。その大命題の解答をさがし続けていたのが柏原の短歌だったのではないか。そう想うと深く沈黙するしかなくなる。そしてそこから自ずと繋がっていくのは〝短歌にとっての不易流行とは何か〟――ということである。

・時間無く季節《とき》なきわれの病室に雨傘提げて來し紀野恵　『飛來飛去』

・夏の日を最もとほくこしものを青く紀野恵のローマのたより　『彼方』

と詠まれた紀野恵を編集人として、柏原が創り育てた季刊歌誌「七曜」は四十五年経た今も続いている。

柏原のような優れた作品を生み出す歌人が、結社「未来」で特別賞を受賞したとはいえ、中央の歌壇ジャーナリズムの目にとまらなかったのが不思議である。（尤も柏原にとってはどうでもいいことではあっただろうが。）

昨年三月三十一日筆者は徳島へ行き、「七曜」の会の方々に会い、生前の柏原の話を伺ったが、その言葉から柏原に寄せる深い尊敬と信頼の念がひしひしと伝わってきた。

翌四月一日に眉山の麓の柏原の墓のある還国寺に

行った。曇り空が広がり冷たい風がかなり強く吹く寒い日であった。寺の若い住職に案内された柏原の墓処は三畳ほどの広さで、一対の燈籠があり、墓には誰が供えたのか「アサヒ本生」の135cc入りの缶ビールが置かれ、花立てには樒《しきみ》が一対かざられてあった。住職の話によると徳島では墓に供える花は、色のある花は供えず、殆どが樒であるとのことだった。

　春がまだ遠く思われる寒い午前のひかりの中で、濃い緑のつやのある硬い葉の樒は、いかにも柏原そのもののように、やや寂しく、削ぎ落とした美しさと品格があった。

（文中敬称略）

（「天象」二〇一三年一月～六月）

「言いおおせて何かある」の何かを読みとる

「短歌における「解釈」と「鑑賞」を考える」というテーマだが、『広辞苑』によると「文章や物事の意味を受け手の側から理解すること、又それを説明すること」が解釈であり、「芸術作品を理解し、味わうこと」が鑑賞とあるので、短歌の読みもまず解釈し、その後鑑賞に到るという順序になるだろう。

　短歌を始めた頃、「短歌は詠みと読みが車の両輪のようなものでどちらも大切である」と教えられた。その「読み」については「まず歌の意味を読みとり、その次に細部を見ていく」（ここまでが解釈）「その上で言葉の背後にあるものを想像し感じとる」（これが鑑賞）と言われた。言葉の背後にあるものを想像し感じとるということは読者が勝手にシナリオを作り、深読みすることではなく、あくまでも書かれた言葉に添い、文脈に沿って深く読むことである。深く読むことと深読みとは全く違うことであり、別の言い方をすれば「言いおおせて何かある」の何かを読みとることが鑑賞なのだと考える。

詠む側の問題として、作歌の核となる心情や表現の詰めの甘さや言葉の吟味をそのままにして、いかにも何かありそうに、多義的に読んで下さいと読者に甘えている作品に出会うことがあるが、これは何か違うのではないだろうか（また多義的に読めるのが秀歌だという前提も美意識の収斂の観点からは何かが削がれてしまうあやうさもある）。定型詩である短歌を選び発表するのであれば詩型に対しては謙虚に、読者に過たずうけとめてもらうためには表現上の努力は必要だ。

一方、読む側の問題として、作品は作者を離れると作者のものではなくひとり歩きする。それゆえ読者はどう読もうと自由であり許される。という姿勢で読者の世界を展開してみせる読み。これにも違和感がある。作者に迎合する必要はないが作品に寄り添うことは大切だと考える。勿論作者自身が無意識であった領域まで深く読み解き、感受し、それによって深々とした秀歌となった優れた鑑賞に出会ったことは度々あるが。

最近、先行世代から若手の歌に対して「歌がわからない」とよく言われる。そのわからないの一つに語彙のわからなさがある。以前は読む側に教養がなくてわからなかったのだが、近頃は加速して駆け廻るコトやモノの情報を知らないがためにわからないということに変わり始めているようだ。歌会でもよくあることだがわからない語彙は誰かがすぐスマートフォンなどで調べて解説してくれる。それで簡単にわかった気になり一件落着する。つまり解釈で終わってしまい鑑賞にまではゆかない。しかしそれよりもより問題なのは歌意がわからないという歌である。角川「短歌」四月号の「人間という方法」に大井学が次のように書いている。

茂吉の方法論によって書かれた短歌が、「手ごたえ」をもって「積み上がって」いくのは、追体験可能な「できごと」が書かれているからでしょう。一方、陽子の歌が（筆者註—永井陽子）「跡形も無く消えて」しまうのは、言葉によって作られるイメージが言葉とともにのみあり、「できごと」としては外在化することができないからでしょう。（中略）この方法論的な多様さが、先行世代をして「若手の歌が解らない」と言わしむる根本にあるのではないでしょうか。

納得できる指摘である。作歌の軸足が多様になり先行世代の基準や尺度では読めなくなってきているのだ。これは各自の短歌観にまで及ぶことのように思う。どの方法論で作歌しているのか汲み取れなければ解釈は難しく、フラストレーションが高くなり鑑賞に進むことは出来ない。しかし短歌は意味ばかりで読むものでもない。韻律も大切な要素である。たとえば永井陽子の、

ひまはりのアンダルシアはとほけれどとほけれどアンダルシアのひまはり
『モーツァルトの電話帳』

一面に光あふれる黄色のひまわり畑が目に泛び陶然とする。これは身体が歌に共鳴したのだ。この場合解釈と鑑賞は殆ど同時である。解釈、鑑賞の順序を跳び超えて一挙にその歌の核に届いてしまう。短歌の韻律のもつ不思議、奥深さということなのだろうか。また一方、五句三十一音の詩型だから助詞、助動詞を丁寧に読もうとすると「重箱の隅を突く」と否定的に言うことがあるが、本当にそうなのだろうか。初めに文法ありは鑑賞を狭くすることもあるが、助詞、助動詞を正確に解釈できて初めて深い鑑賞に到るということもある。だがこれは文語短歌の話で口語短歌では殆ど意味のないことかも知れない。しかし千三百年の伝統を負った詩型を読むという視座と弾力をどこかに持っていないと読みが痩せていくような気がする。短歌の読みとは解釈に始まり鑑

賞にゆきついて初めて達成される。鑑賞にゆきつくには解釈が成立するか、身体的に共鳴する韻律が必要ということになろうか。また鑑賞には読む側の全存在的力量がモノをいう。逆にいえば鑑賞を通して読者自身が新しく自己を発見し、自己を認識することにもなる。十全な鑑賞が出来得たと思った時こそ、読みのよろこびを実感するのではないだろうか。

（「短歌研究」二〇一六年六月号）

冬濤圧《お》して

――坪野哲久『百花』『碧巌』『胡蝶夢』

昭和十四年刊の第二歌集『百花』、昭和四十六年刊の第七歌集『碧巌』、昭和四十九年刊の第九歌集『胡蝶夢』も各々の歌集としては私は持っておらず、不識文庫にこの三歌集が入っていた。昭和十五年刊の第三歌集『桜』は『現代短歌全集第八巻』で読んだ。

坪野哲久は明治二十九年石川県羽咋郡高浜町（現志賀町）の農家の兄三人、姉二人の六人目の末子として生まれた。「思想弾圧に耐えた反骨の人、孤高、芸術派、生活派、結核、読売文学賞受賞」等々、いろいろ言えるだろう。しかし私が一番惹かれるのは石川県の能登の出身だということである。金沢育ちの私とは石川県人として繋がるものがある。能登と金沢では風土や生活様式、あるいは方言でも違うところはあるのだが、〝北陸の冬〟という感覚では共通している。

母のくににかへり来しかなや炎々と冬濤圧《お》し
て太陽没《しづ》む　『白花』

昏れふけてこな雪しまき西方《せいはう》に群落なせる星
みだれたり

母よ母よ息ふとぶととはきたまへ夜天《やてん》は炎《も》え
て雪零《ふら》すなり

死にゆくは醜悪《しうを》を超えてきびしけれ百花《びやくげ》を撒
かん人の子われは

「百花禱」の一連（三十一首）より引いた。「昭和十三年十二月母危篤の報せを受け十年ぶりで能登に帰り、その病床に侍しながら得た作品である。幾度か息絶えんとした母が奇蹟的にも元気になってくれた。小生はこの集を母に捧げたいと思ふ。」と小記にある。昭和十三年といえば今から八十年ばかり前のことである。現在のように日本中が観光、観光で浮かれている情況ではなく、時代的には太平洋戦争が始まる前であり、能登は貧しい漁村であり、農村であった。

一首目、十年振りにふるさとへ帰って来た時の能登の景が簡潔にありありと詠まれている。能登の冬は暗く寒い。日本海の濤の荒々しさ。冬濤は濤の花となって吹き上がり、白々と岩礁に打ち当たり、消える。そしてその海におそろしいほどに真っ赤な太陽が燃えるように没《しず》んでゆく。冷厳な自然の景だ。二首目、とっぷりと日の昏れた外は粉雪が激しく吹きすさび、その粉雪の間から凍てつく冬天が見え、星がいくつもいくつも冷えきわまって光っている。これは体験した者にしか詠めない景だ。ぼたん雪が降っている時は星が見えることは殆どないが、粉雪が降っている時は星が見えるのだ。「西方」には西方浄土の意が隠れているのかも知れない。三首目、能登には海から吹きつける風を防ぐために家々を囲う竹で編んだ籬が張りめぐらされている。その籬に囲まれた家の中では危篤の母が生死をさまよっている。上句の人間の生命と下句の自然とが切り結ぶ感じの緊迫感。あるいは自然の大いなる意志に委ねるしかない人間のいのちというもの。

四首目は「百花禱」一連の最後に置かれている歌であり、歌集名もここから採られている。能登の風土の特徴として浄土真宗（一向宗）の信仰があり、哲久も幼い頃からその影響を受けて育っている。大学では支那哲学東洋文学科で学んでおり、『百花』は『碧巌録』より採られた言葉と知ると哲久の脊梁が見えてくる。能登に病む母への、子としての悲痛な祈りが漢語を用いた言葉の繋がりと張りのある韻律により格調高く切々とひびく。哲久の真率な母へのおもいに貫かれたこの一連に出会った時、まことの心でまことに詠むとはこういうことかと強い衝撃を受け、短歌の真髄に触れた気がしたことを今も覚えている。

『百花』には次のような歌もある。

　母とふたり報恩講に餅を売りしかな瞼《まぶた》にしみておもひみんとす

金沢では報恩講のことをホンコサンと言っていた。貧しかった哲久親子は母の実家の菓子舗から餅を仕入れて売ったという。哲久にとっては忘れ難い子供の頃の記憶だ。

　われの手に撲たれしままの表情にて昼をねむれりうるはしきもの

　わが父よ老いさびしらに口をもて孫のこぼせる飯《いひ》ひろひ食《を》す

この二首には幼い息子や老いた父に対する深くて温かい愛憐のまなざしとかなしみがある。

　曼珠沙華のするどき象《かたち》夢に見しうちくだかれて秋ゆきぬべし　『桜』

　秋のみづ素甕《すがめ》にあふれさいはひは孤《ひと》りのわれにきざすかなしも

　新しき障子を閉《さ》してこもらへば秋はやも白毫《びやくがう》のひかりかなしも

　これらは塚本邦雄によって絶讃された哲久の代表歌である。歌集『桜』は『新風十人』の「ひとりうたげ」の作品と『百花』以後の一年間の作品と『百花』から鈔出した二七〇首より成る。一首目の曼珠沙華の歌は太平洋戦争直前の時代状況を背景として哲久の孤独と渇きと諦感がきびしい調べと共に比喩的に詠まれ、詩として完璧な美しさを保つ。二首目は素焼の甕に溢れた秋の水の澄み透ったひんやりした豊かさに対して「孤りのわれ」である哲久に兆した「さいはひ」であった。「きざす」と「かなしも」の間に一拍置く感じだ。三首目、新しく張り替えた障子を通して差し込む秋の光の静謐で白々とした明るさに仏教的な白毫を想起した独得な感覚の冴え。二首目三首目ともに結句は「かなしも」だが、感傷的な甘さではなく、時代、社会、われとの関係における深々とした生のかなしみがある。なおこの集の小記には「立派げなあれこれの理論も大いに結構ではあるが、自分の興味は実作のみに懸つてゐる」とあり、含蓄が深い。

　かなしみのきわまるときしさまざまに物象顕《た》ちて寒《かん》の虹ある

　われの一生《ひとよ》に殺《せつ》なく盗《とう》なくありしこと憤怒のごとしこの悔恨は

『碧巌』

　歌集名の『碧巌』は臨済宗の公案を集めたもので参禅弁道のための宗門第一の書とされる碧巌録から来ている。最初の歌の比類のない美しさは、社会と自己とをつきつめた時に生まれる「さまざまな物象」でありその時にたつ寒の虹である。冷え徹る空にしばし顕われて消えてゆく。哲学的で禅的な鮮やかさがあり、はかなさと同時に永遠性をも想わせる。

　二首目は哲久の歌の特徴でもある憤怒と悔恨が詠まれている。憤怒とは鋭い感受性の自己防禦でもある。思想的挫折（といえるか疑問）を含んでの自己に対する身悶えるような思いなのだろう。哲久を取り上げる時は必ずマルクス主義やプロレタリア歌人としての思想的問題が出てくるのだが、それは私の好みではないのでこのことには触れないでおく。「芸術作品は飽くまでも芸術的形象化が読者をひきつけ胸打つのであるから、芸術的真実性をおし歪めるまでに生な思想をはびこらせてはいけない。」と「人民短歌」に哲久は書いている。又こうも言っている。「短歌に求めるものを端的にいふならば〝省略のよろこび〟以外には、何物もないやうな気がする」と。佐藤佐太郎に通ずる論だ。

われついにひとを殺《あや》めず妙好人《みようこうにん》たらちねの
母の子としありけり　『胡蝶夢』
ふるさとの米糠鰯《こぬかいわし》と冷酒《ひやざけ》ともの思《も》いながし
かなしみながし

『胡蝶夢』は哲久が六十八歳の時の刊行だ。老の自覚、ふるさとと能登への追懐が詠まれている。妙好人は母だけではなく、孫の零した飯を口にする父（『百花』）も妙好人だったのだろう。二首目、米糠鰯は糠と塩に鰯を漬け込んだ少し塩辛い素朴な食べ物で今も能登や金沢では食べられている。「かなしみながし」に飲食《おんじき》を通してのふるさとへのおもいがしみじみと伝わる。他に次の歌なども心にひびく。

春潮《はるしほ》のあらぶるきけば丘こゆる蝶のつばさも
まだつよからず　『一樹』
蟹の肉せせり啖《くら》へばあこがるる生れし能登の
冬潮の底　『北の人』

「春潮のあらぶるきけば」から早春の能登の関野鼻の断崖辺りが泛んでくる。時代に対する心身の疲れや厳しい暮しへの鬱屈をもちつつ生まれたばかりの蝶のように心もとない様子ながら、何か希望や勇気を見出して飛んでゆこうとしているのだ。「蟹の肉せせり啖へば」の歌。能登、金沢の冬は蟹だ。雄のズワイ蟹、雌の香箱蟹はまさに「せせり啖う」だ。誰もが黙ってひたすら細い箸の先などで蟹の身をかき出すことに集中する。切なる望郷の思いに私も浸される。

平成十八年、石川県羽咋郡志賀町に坪野哲久文学記念館が開館した。私が訪れた日は北陸には珍しい秋晴れであった。敷地は三四〇坪程。記念館は二十坪弱の平屋でこぢんまりしていた。展示物は甥の若狭駿介の収蔵品で初版本の歌集、額装や雲版におさめた哲久の歌の自筆の色紙、原稿、〈死にゆくは醜悪を超えて……〉を哲久自身が書いた志野焼の湯呑茶碗、哲久が履いていた焦茶色のびろうどの鼻緒の下駄、薄手の赤いマフラーとベージュ色のカシミアのマフラー、自画像、妻の山田あきや短歌仲間との写真等。色紙の哲久の書は意外にたっぷりとした筆遣いで温かく稜《かど》がなかった。記念館で一番心に残ったのは葉書大のメモ用紙のようなものに書かれた哲久の病床での筆談「何といっても作品あってのこと、イ雅致、ロ風格、ハ民衆愛」であった。特に「何といっても作品あってのこと」は『桜』の小記にも繋がりハッとさせられた。展示品の醸す濃密な時間が館を満たし、窓から差し込む澄んだ秋の光の中で哲久の強靱で愛しい断言に浸っていた。

人間の自己形成には、育った風土や家族や幼少期の経験や記憶が大いに影響を及ぼしていると思うが、哲久にとって能登と父母は終生の心の原郷であった。しかし現在、人間形成に風土や幼少期が影響を与えることは少なく、デラシネのようになっているのではないだろうか。見方を変えれば哲久はしあわせな環境であったともいえるだろう。マルクス主義も東洋哲学も禅も、能登の風土に根付いていた浄土真宗もすべてが混じり合って哲久があり、哲久の短歌があった。それは佐太郎の言う「作品には作者の影が差していなければならない」ということでもある。

島木赤彦に学んだ写実の技を礎にして哲久は短歌に凜冽な美と清韻をもたらした。それは孤に徹し時流に阿らない真率な心が作り出した文体である。社会や時代への憤怒を抱きながらその果てに求めていたのは静謐な美の世界だったのではないか。一方、哲久の短歌にはバロックの旋律が通底しているようにも感じる。それは人間への肯定感なのかも知れぬ。

私は私のハイマートに帰りたくなると哲久の歌集を繙く。すると日本海に荒ぶ冬濤《すき》の音がきこえてくる。
（「短歌人」八〇周年記念号、二〇一九年四月）

都市詠のいま・むかし
――やわらかに時代の刻印を

いちはやく冬のマントをひきまはし銀座いそげばふる霙《みぞれ》かな　北原白秋

風暗き都会の冬は来《きた》りけり帰りて牛乳《ちち》のつめたきを飲む　前田夕暮

明治末期のいきいきとした明るい洒落た東京の風景と、東京に憧れて上京した人の悲哀や疲労感が伝わってくる歌。こうした二面性をもちながら都市詠は始まったようだ。

飾窓《ウィンド》の紅《あか》き花らは気《いき》ごもり夜《よる》の歩道のゆきずりに見ゆ　佐藤佐太郎

丸の内ここ十字路に立つわれは思念自在の悦楽にあり　山田あき

氷雨ふる街より入りし地下道に雛売られゐて夜のそのころ　尾崎左永子
シュプレヒコールはるかに聞こえる図書館に今日も埋めゆく「透谷ノート」　佐藤通雅
夕照はしづかに展くこの谷のPARCO三基を墓碑となすまで　仙波龍英
大きければいよいよ豊かなる気分東急ハンズの買物袋　俵万智

都市への素朴な憧れや希望を込めた都市詠は、敗戦後の生活の貧困や、安保闘争等々、時の移りゆきを背景に地名や固有名詞や事柄を折り込みながら、都市生活者の孤独や寂寥、挫折感、あるいはウキウキと消費生活をたのしむ活力ある庶民を写し、また都市の本質にひそむ虚無を醒めた目で焙り出し、鮮明に時代を刻み、時代を証言した。

特に前掲の前田夕暮の歌は、明治末期に詠まれているにも拘らず、現在日本に吹き荒れている未曾有の金融危機、経済、社会の混迷と不安の象徴ともなった、昨年暮れの日比谷公園の「年越し派遣村」の情景とも重なる。これも都市詠のもつ社会性の一面だろう。

都市という時に片方にある〈都鄙〉の鄙は時として故郷《ふるさと》とも重なる。近年の情報伝達の手段の多様化、物流ネットの拡大、交通網の発達により都鄙の差は殆どなくなったが、故郷の固有性の喪失や風景の均一化を齎した。故郷を地方に持ちつつ都会に集まってきた人々がヨソモノとして仮住いするのではなく、地元の人となり始めているのが、現代の都市生活者であれば作歌の視点も変わりそうだ。

二月のNHKテレビで東京の変貌が紹介されていた。超高層ビルの増加、インフラ整備の為の地下トンネルの大開発等々、膨張を続けるCG画面のような未来都市像に、五感の違和が起きそうだったが、一方次のような最近の作品もある。

自転車でどこにでも行ける広さなるこの地方都市にたっぷり生きる　野上洋子

みなとみらいの動く歩道に見てゐたり海風に揺れ消えてゆく虹　小島熱子

東雲のつつましやかな雨ふりて濡れ荷のごとし深川の町　川田由布子

三首目には江戸の歴史を伝えて温もりや情緒のある下町の確かなくらしや景が見える。

傘いつぽんひつかけてある金網のむかう隅田川かもめが泛《うか》ぶ　小池　光

滝廉太郎の「花」や、東京大空襲の記憶をも引き寄せて隅田川は在る。ぽつんと金網に忘れられたようにひっかけてある傘。都市空間の一隅に流れる歴史を背負った時間に擦過する作者の〈いま〉の時間。

今後の都市詠は、個の人間と対立する科学の最先端の文明都市……の図式の他に、個とやわらかく解け合う多層的な生活空間として詠む作品もふえるだろう。いづれにしても都市詠が時代を刻印していくことは間違いない。

（「短歌現代」二〇〇九年四月号）

永井陽子の一首

あはれしづかな東洋の春ガリレオの望遠鏡にはなびらながれ

ただただ美しい名歌である。しかし理詰めに考えると分からなくなる。ガリレオは十六世紀中葉から十七世紀中葉近くまで生きた天文学者であり近代科学の父である。その望遠鏡はフィレンツェの科学史博物館にあるという。その望遠鏡にはなびらが（多分さくらのはなびらだ）映っているのか、あるいは望遠鏡の周りにはなびらが流れていくのか分明ではない。作者の位置も分からない。だからといって単なる虚として切り捨てることはできない。人間の本質にある遥かなもの、清浄で形而上学的なものへの憧憬にこの歌は時間、歴史、空間を軽々と超えて応えているからだ。私はほとんど酩酊する。初句七音でゆっくり始まり大きな括りの二句に続き、トウヨウと声に出すと響きが豊かで奥深く、ああ、トウヨウなのだと何となく納得する。知るはずもない長い望遠鏡がイメージとして現前し、それを覗くとしろじろとはなびらが音もなく流れ、三好達治の「甃《いし》のうへ」の清楚で典雅な少女達がスローモーションで過ってゆく。さながら永遠の中の一刻。結句が言い差しで終わっているため深い余韻に浸される。言葉の純度の高さ、構成の飛躍が私を日常性から離れて高みに連れてゆく。

永井陽子自身がエッセイ集『モモタロウは泣かない』（「短歌人」昭和六十年七月号・初出）で三好達治の本歌取りだと言っているが、だからといってこの歌の美しさは何も損なわれない。そもそもこの歌に分析は無意味なのだ。

①妙にあかるきガラスのむかう砂丘よりラクダなど来てゐるやもしれぬ

『モーツァルトの電話帳』

②読むは『伊勢物語』窓に雪降りてたれか佇つとほき国の街角

『小さなヴァイオリンが欲しくて』

これまで何人もが指摘している永井陽子の資質の「遠いもの、遥かなものへの希求」が冒頭の歌と同じくこの二首にも通底している。私性をおさえ、意味に重きをおかず音楽性を大切にし、時間や空間を自由に往来する短歌への指向は、永井陽子の資質にももともと合っていたのではないだろうか。

歌集『ふしぎな楽器』の中のエッセイ「魔笛」に——地下街を歩いていた時、急に体の中からパパゲーノのアリアとグロッケンシュピールの音が聞こえてきた。何の予告もなく体が小さな光の宙に化し、透きとおりながら鳴りはじめたような気がした。〈私〉という実在感がいつしかなくなっていた。立ち止まればそのまま音と化し、音のみ満ちる光の宙と化し、私の身体は消えてしまうだろうと思った。——とある。歌人だからといって誰でもが天使が降りてきたような透明なエクスタシーを体験できるものではない。在って無く、無くて在るような何かが憑依したような不思議な一刻。ここには永井陽子の芸術、創作に対する本質を捉える天性の感覚が見える。ミューズの女神に選ばれた者のみの持つ強靱でありつつガラスのような脆さの共存。そう思って冒頭の歌を声に出してゆっくり読む時、私の耳には水井陽子が好きだったという、そして私の一番好きなモーツァルトのクラリネット協奏曲イ長調K六二二がしずかに鳴り始め、モーツァルトの音の中で永井陽子の歌の、ことばそのものが遊んでいるように思えてくる。

（「短歌人」二〇一七年三月号）

記憶の金沢

金沢で暮らした時間より、横浜に来てからの時間の方がずっと長くなった。しかしいつまで経っても、というより、年々金沢へのおもいが深くなってきている。

私にとって金沢は、原郷、ふるさとである以上に私のアイデンティティそのものである。たぶんそれは大人になってから移り住んだ人々とは違い、私の過したのが幼児期、少女期、青春期と、私が形造られていく時期だったからだろう。今も時々〝とんで帰りたい〟という思いに衝き動かされることがある。「記憶の集積が人間である」という言葉があるが、最近ある雑誌や機関誌に金沢を詠んだ作品を発表した。その拙作と共に、金沢への追憶とオマージュを記してみたい。

・あえかなる涅槃団子を拾ひにき二月の虹のごとき記憶よ

・蓮如忌の稚児行列は化粧してたどたどとゆききさくらのみちを

幼い頃の記憶である。小立野の天徳院に〈お涅槃〉といって団子撒きの行事があった。（と思う。）涅槃会は二月十五日だから、たぶんその頃だったのだろう。天徳院の境内は森閑と清らかで寒かった。しかし肝心の行事の記憶はなく、米粉で作られた（？）直径一センチ程の涅槃団子の色彩の美しさだけが鮮明だ。赤、緑、黄、桃色、紫の単純な模様のものだった。それを火鉢に網目の細かい焼網にのせて焼いてもらった気がする。

蓮如さんの稚児行列が、天神橋から卯辰山の方へ歩いて行くのを見た。（幼稚園か小学校低学年位の子供だったろうか）オチゴサンは桃色や赤い色の着物を着て、お化粧し、頭に冠をつけている子もいた。羨しい気持で見ていた記憶がある。今にして思うと、それは美しい彼岸のようにやさしく明るく、春のひかりに満ちた絵のような世界だった。

・「お道忘れ」と言ひて土産の菓子を出す祖母のことばの耳底にあり
・秋暑き観音町にたしかむる下駄屋、醬油屋、日暮れのにほひ

現在の金沢では死語になってしまった「お道忘れ」ということば。本当の意味はよく分からない。客が土産として持ってきた菓子を受けとり、その菓子をすぐにその客に、半紙を半分に折って敷いた菓子皿にのせて出す時、祖母は「お道忘れでございますけど」と言った。言葉と共に祖母の黒っぽい着物を思い出す。

今や観光客で賑う東の郭だが、その近くの道幅の狭い観音町の中ほどに大きなのれんを下げ、がっしりした木材の、広い間口の米屋があり、その近くに酒屋があり、醬油を計り売りしていた。下駄屋は少し離れてあった。あのころ、子供達は靴ではなく、下駄を履いていた。下駄屋にはさまざまな美しい色の天鵞絨の鼻緒が並んでいて、下駄の台も、焼き杉や竹や塗りのものが揃い、台と鼻緒を好みのものに選んで、その場ですげてもらった。子供の足に合わせての鼻緒の締め具合、立て具合は、いかにも年季の入ったオッサンの腕の見せどころだった。

・雪昏くふりやまぬなか剝製のわれか佇ちをり浅野川辺に

私はときどき冬の金沢に帰る。雪の降っている天神橋に佇つと、青春そのものが、若かった自分が、剝製のようになって現前する。

・泉鏡花が長煙管ぽんと打つ音のしたやうな昼の尾張町ゆく

尾張町の一本裏通りの新町の久保市乙剣宮の辺りが泉鏡花の遊び場だったらしい。泉鏡花というと縕袍《どてら》（か半纏かよく分らぬが）を着た写真が浮ぶ。

・ミモザ活くる茶房出づればまなくしてゆきとなりたり香林坊は

・あられふいにゆふべの街にたばしれば遺恨も思慕も琅玕のごと

香林坊の今の109ビルの辺りに〈北國書林〉という本屋があり、その地下に喫茶店〈雲珠〉があり、その同じ並びに日替りで珈琲の豆を挽いて出す、カウンター席だけの〈トレール〉があり、北國新聞社の地下には〈瓔珞〉という喫茶店があった。あのころはよく雪が降った。地下の喫茶店を出ると、地上は雪だった。街には雪の匂いと、寂しくて人恋しい金沢の冬のにおいが混じり合っていた。

・はつなつの獅子吼《ししく》高原に俯瞰して蛇行する川のはてはしらずも

・織つよき牛首紬のあたたかさ加賀のをみなの立居のやうな

野町の白菊町駅から鶴来方面へ行く電車が出ていた。近郊の行楽地として獅子吼高原は人気があった。五月の高原は風が渡り、光に満ち、青空は高く、眼下はほろぼろと広がり、牧歌的なよろこびが身体のすみずみまでゆきわたり、〈今在る〉ことだけで十全であった。

後年、白峰村（だったと思う）で織っている牛首紬の道行を着るようになった。丈夫でしっかりした手触りは、ひそかな情感を蔵っているように感じられる。

・ふきぶりの雨にけぶらふ犀川の石咬む水泡の蒼白滾つ

・犀川の遠くに医王《いわう》山の稜線の鈍角くらく空にまぎるる

犀川大橋から、あるいは桜橋辺りから見る早春の医王山は、青墨のようにくらく、雪の沈んだ白さが一層寒々しく、風の冷たさと共に春がまだ遠いことを思わせた。

・ふるさとの夏に逝きたるいちにんよ目瞑れば
　つねにひあふぎの朱

蒸し暑い、金沢の夏の記憶の中に朱色の花がいまも鮮かだ。

・金沢に拠りて生き来し歳月やまならうらに蔵ふ
　ふたすぢの川

残念ながら現在の金沢は変貌した。中央の文化に毒される前の、豊かな金沢の記憶を持っている幸福こそ、何ものにも替え難いと思うが、しかしそれも美化された私の想い出、記憶にすぎない。その記憶もいつか茫々となってしまう時が来るのだろう。

（「石川県歌人」第31号、二〇〇九年五月）

「帯を解く音」

――心に残る先輩歌人の母の歌と自歌自註

とほき日の母が帯解く音きこゆ北陸本線みぞれ降りをり　　辺見じゅん『闇の祝祭』

辺見じゅんは昭和十四年富山県生まれである。十四年生まれの娘にとっての母は大正初期あたりの生まれで、作者が子供の頃の母は和服が日常着であったはずだ。

この歌の初句は「とほき日の」とあるので、作者の幼い頃か少女の頃の記憶だろう。当然母は若い母である。絹の帯特有のしゅるっとした艶《つや》と量感のある鋭い音を作者の耳は捉えていた。帯は西陣の織帯かあるいは塩瀬の染帯であったか。いずれにしても当時、作者は娘として若い母へのうっすらとした憧れや母に寄りゆく感情の揺れがあったのだろう。

下句は現在北陸本線に降っているみぞれである。作者は今、列車に乗っているのか見ているのかは分明でないが、北陸の初冬の陰鬱な風景の、それも何かうら寂しい感じのある北陸本線に限定しそこに上句を据えている。上句と下句は互にひびき合い、視覚と聴覚が現在と過去の時間を往来する。母への追慕の情はふるさとの風土、季節の中で帯を解く音に収斂されてゆく。巧まずして時代をも感じさせ、金沢育ちの私には自分の記憶とも重なって忘れ難い一首である。

母が　わが手に触れつつさはらせてねと言ひし金沢のあの秋の日よ　　『りんご1/2個』

母が亡くなって二十年近くが経った。この一首は母が亡くなる二年か三年前に帰沢した時のことだったように思う。

横浜から帰沢する私を母は楽しみに待っていてくれた。私もまた母や妹に会いたくて年に二、三度は帰っていた。

あの日、秋の乾いた日差しの中を妹と私は母の歩調に合わせてゆっくりと柿木畠にある店に食事に行った。食事が終わり、帰ろうとした時、座敷に坐っていた母は、ふいに私の手を取って「あっちゃん、ちょっと触らせてね」と言って、私の指と手の甲と手首から肘までを自分の掌でさするように撫でるように何度も繰り返しさわった。私は思いがけない突然の母の行為に息が止まるおもいがした。この一事《いちじ》が母のすべてを言い表していると胸を衝かれた。老いた母のさびしさも孤独も不安も、身体の衰えからくるこころもとなさも、子を慈しむ母性も、すべてを含んで自分自身の存在と、自分の子供である娘の存在を確認したかったのだと感じた。

わたしたちはそれから店を出て短い坂道を登りながら広坂通りに出た。紅葉しはじめた桜並木を見ながら母は先程のことは無かったかのようにいつもの穏やかな話し振りであった。

しかしあの日、母を衝き動かした情《おもい》と母の掌の感触を今も忘れることはない。あの日の行為こそが「母」という存在の極みの具現であったと沁みておもうのである。


（「石川県歌人」第39号、二〇一七年五月）

解説

日常のなかの非日常性
――『春の卵』の世界

前川佐重郎

小島熱子氏から『春の卵』という大型の歌集が送られてきたのは去年の中秋の頃だったろうか。すっきりとした本のつくりがあの佳人にふさわしいとおもいつつ頁を繰り始めたのであった。

私は迂闊にもこの歌集評を引き受けることをすでに約束してしまっていたのである。私は歌集を読む前から歌集評を引き受けることにいつも躊躇《ためらい》がある。もともと無精のせいもあるが、さして気の乗らない歌集の評はまず苦痛である上に、あれこれ美辞を並べたてるのも自らを偽っているようであと味がよろしくない。ところが人間にはおかしなところがある。歌集を読む前にたまたまその人物に会って、このひとの作品ならきっと面白いにちがいないと確信を持ってしまうことである。

小島氏にお会いしたのは去年の夏、猛暑のなかで行なわれた鶴岡八幡宮の歌会の折、尾崎左永子氏と一緒に来られ紹介された。

まっすぐに見つめられて、あとには引けぬような気性の勁さのようなものを一瞬にして感じた。第一印象である。この詩型に手を染めたからには自らを立たしめねばならないとでもいった気迫が、美しい大きな眸がそう云っている。それだけで、私は小島氏の裡にこの詩型に携わる人間の不思議な磁力とも言うべき妙味に関心をもった。

――自分の歌が一番だと思わないと、こんなちっぽけな詩型にこだわる必要はない――などと幾分の挑発をこめてそんなことを云うと、小島氏はニッコリと笑って頷いた。それで歌集評を書くことになったのである。

前置きが長くなったが、歌集『春の卵』のことである。

一人の主婦の感情生活の変化や襞が、繊くみえて、実はつよい一本の線で自在に詠みこまれている。日常の中の矚目のほか、夫、子など家族を詠んだ作品もある。

　たとえば御子息を詠んだ作品に

新潟に下宿する子と地酒飲みぬけぬけとわれ
は母親の貌
あのひとは熱中する人ですとわれのこと言ふ
息子二十二
子をひとり世に在らしめしことのみがわが生《よ》
の証しさくら吹雪けり

がある。

　一首目は息子さんが下宿する新潟に出かけていって二人で顔をつき合わせて地酒を飲んでいる。言外に母親と子の気持ちが滲み出ていてすぐれた掌編小説を読むような味わいがある。

　二首目はさすがに息子さんは作者のことをよく観察しているらしい。熱中の果てに何処に行ってしまうのかと、幾分子としての危惧の気分も出ていて人間の面白さがほどよく詠み込まれている。熱中する母親と沈着な子の貌がほんのりと泛んでくる。

　三首目はあたかも他人事のように一人の女性の生の形を言い放つ。「さくら吹雪けり」とは嫌味でなく、なるほどと思う結句である。

　御主人を詠んだものに

真夜中の電話に急ぎ出でゆきぬ夫は人の死を
また看とるため

という作品がある。医師の家族のある夜の出来事が詠まれている。医師の妻としての眼差しが、出来事を客体化して捉え、読み手にその実感を架橋する。大仰に詠まれていないところにかえって凄味がある。

自虐さへひとつの欲とおもふべし青く光れる
烏賊の皮剝く
健やかなる猥雑の相マンションにあまたのふ
とん朝干さるる

乗客のかすけき秘密蔵ひたる鞄もろとも電車
カーブす

ありありと思ひ出づることのひとつにて積み
木を崩す指の感触

樹の下に刃物研ぐ人ひんやりと真夏の昼を占
　めて勤しむ

　これらはまぎれもなく秀歌である。詩的昂揚に全身を委ねることなく、日常のなかの非日常性にふと眼をとめる。凡庸な日常性が一日の大半を埋めつくしている現実の中で、鋭敏な触角が事象の本質を促える。

　一首目、烏賊の皮を剝くという主婦の日常の行為の中に「自虐さへひとつの欲とおもふ」という非日常の人間の、時としてエキセントリックな心の所在が明らかにされて、不思議なリアリティを醸し出している。

　二首目は、ひとの営みとその無防備な開放への羞恥と批評が嫌味なく封じ込められている。この人の眼もまた健やかである。

　三首目は、作者のレントゲンの眼を通した鞄の実体が小気味よくまとめられていて、作者の関心の方向に読者も興味をいだく。

　四首目は、幼児の頃の破壊本能の記憶が指の感触として残っているという。実感を共有しうる感覚のたしかさである。

　五首目は、真昼の緑陰での刃物研ぎの仕事ぶりを簡潔に詠みきって味わいが深い。それは、この光景を目撃した作者の心の位置と無縁ではあるまい。ここには凶々しい刃物のイメージはなく、プロに鍛え直されたひと振りの刀剣のような清々しさを感じる。『春の卵』に収められた三五九首は、この集の完成度からみておそらくかなり選びぬかれたものにちがいない。それは作者の気質をみればわかることだ。とはいえ、上出来とは言えぬ作品も散見する。たとえば

騙すより騙さるることを善《よし》とする結論さへも

る欺瞞なるべし

といった、やや理屈に傾いた作品や、

日蝕に飛行機いくつ沈黙しシャルル・ドゴール空港昏む

などの一連の旅行詠は一過性の情動につき動かされた印象を拭い去ることができず、他人事でなく旅の歌の難しさを感じる。

　最後に、歌集『春の卵』のなかで小島熱子氏の力量と特色ある歌を拾い出してみる。

確執のありたる人の栄達をききて月明の街を帰り来

おのづから花には花の季ありとしきりに指を洗ひてゐたり

ゆくりなく系譜を追へば宙吊りのわれと思へり夜半に覚めゐて

ピアニストの横にて楽譜繰る人をみんな観てゐて誰も観てない

ありありと割りたき思ひ兆しくる春の卵は籠に積まれて

小島熱子氏はやはりなかなかの詩人である。

（「運河」二〇〇一年三月号）

かすかに戦ぐ心
――『春の卵』の軌跡

山内照夫

「過ぎてしまえば思い出すこともできない日常の、かすかな事象の中にひそんでいるその真や美に触れて、私の心が揺れたり、戦いだりするのを、自分の言葉で表現し、詩化したい。」と「あとがき」に記す、――そんな風に願っている。小島熱子歌集『春の卵』は、一九九二年に第七回運河賞を受賞した「秋へ」(三十首)中の抄出作品からはじまる。

自虐さへひとつの欲とおもふべし青く光れる烏賊の皮剝く
数千の窓に夕日のかがやきて新都市といふ脆き空間
夜半にきくはげしき雨は逃げ場なき獣のくらき足音に似る

受賞作は日常生活のうちに兆す想いを一歩踏み込んで捉え、自らの感受に忠実に、ためらわず表白していて清新な感じを与える。裏腹に幾分目立つ表現を如何に沈潜せしめてゆくかが今後の課題となろう、と「選をおえて」の中で僕は述べたが、ここに採り上げた三首からもその一端が窺われよう。

さて作者の一九九〇年から十年間の作歌は、「運河」誌上に発表された作品だけでも優に七〇〇首を越す筈だが、本集には三五九首がおおよそ流年順に収められているというので、自選の厳しさと潔さが伝わる。以下歌集の頁を追ってその軌跡を辿ってみることにしよう。

心潤ふまひるといはん桃活けし和菓子屋の窓見つつ過ぎ行く
炎昼のさびしききはみひとりゐて吾を生みたりし母を思ひつ
掌にはさみ叩きて干せる足袋の白生きをうな

がす秋冷の朝
氷雨降る三国の町に魚の香の漂ふ午後をわが
　去りゆかん

たまたま春夏秋冬の作から一首を抄出した結果になったが、いずれの歌にも季節の移ろいに対する作者の鋭敏な感受がみられ、しかも実生活に根ざした確かさがある。

そもそもの端緒はすでにおぼろにてたとへば
風邪のはじめのごとし
系屑と思ひて引けば加賀のれん綻びてゆくあ
やふき速度
箸に練る半透明の水飴のなかにさびしき夕日
が見ゆる
てのひらに在る金箔の幽かなるぬくみは春の
愁ひに似たり
わがこころ惹かるるものはたのめなきからす
うりはた鬼灯の朱

作者の繊細な心は、あやうきもの、幽かなるもの、たのめなきものに敏感な反応を示して揺れうごき、そこに美が生れる。これまでに抄出した中にも見られるが、本集には「似て」を用いた歌が七首、「似る」が四首、「似し」「似たる」「似たり」が各一首、計十四首あって三・九%を占める。単なる相似というのではない微妙な陰影を帯びて、それぞれに役割を果しており、作品の本質を探る上での手懸りの一つとなろう。

ブラインド降ろして冬日なほ明し海鳴り遠く
ここにきこゆる
冬空のくもりのはてに消えてゆく橋見ゆ昏き
海わたる橋
ぼたん雪をやみなく降る夕闇に廓の路地に人
まぎれゆく
すきとほる葛湯に息をふきかけて冬の禱りの
充ちくる時間

しだいなくくもり薄れて日すがらの風熄む空
　　に夕映えきざす

　このあたりの作になると、虚と実が放電の火花を散らすような照応といったことを余り気にせずに、一首全体を通しての雰囲気とか情感とかを、しみじみと味わうことができるように思う。それは取りも直さず作者の対象への看入が深まり、表現が次第に沈潜して来たことの現れである。

夏の日に訪ひしモネの庭死の翳のひそむばか
　　りに花溢れゐき
日蝕に飛行機いくつ沈黙しシャルル・ドゴー
　　ル空港昏む
カレル橋にアリアうたひて喜捨を乞ふ老女い
　　かなる歳月を負ふ
サトゥルノの眼蹤きくる感じにて館内にわれ
　　ほどかれずゐる

「リスボン周辺」と題された海外羈旅の一連の作も、対象に眼を奪われるのではなく、対象を作者自身の方に引き寄せて捉えており、表現も自在で淀みがない。そして「死の翳のひそむばかりに花溢れゐき」にしても、「シャルル・ドゴール空港昏む」にしても、また「アリアうたひて喜捨を乞ふ老女」「サトゥルノの眼蹤きくる感じ」にしても、臨場感があり、動かしがたい真実味がある。

逃れ得ぬ磔刑のごとくれなゐに染まりてビル
　　ディング夕映えに立つ
天心に冬の皓月冴えかへりわれにはるけき鳥
　　葬浄し
ありありと割りたき思ひ兆しくる春の卵は籠
　　に積まれて
飛び散れる鏡の破片ことごとく神への贄のご
　　とく光りぬ
夕映えの坂登りきてふりむくにもしやソドム
　　の街にやあらん

巻末に近いこれらの作は、対象を観る眼が深まると同時に表現の単純化が進み、自ら内容、声調ともに重厚さを加えてきている。「逃れ得ぬ礫刑のごとく」「われにはるけき鳥葬浄し」等には、苦渋の跡を留めない作者の創意工夫があり、「春の卵」に対する「割りたき思ひ」には感受のみずみずしさがある。また「鏡の破片」は、当初研究会の詠草として発表された時点では、「路上に硝子の破片が光っている」程度の印象しか与えなかった内容を、「神への贄のごとく光りぬ」という所にまで高めた。そこに作者の一首に対する執着を僕は感じた。最後の「ソドムの街」は、旧約聖書創世記に出てくる死海の近くにあった古都市の名で、住民の不道徳、不信仰のためゴモラとともに神によって滅ぼされた。比喩的に罪業の都市だが、こうしたことを率然と一首に詠み込んで、少しも異和を感じさせないところに作者の力量が潜む。

歌集『春の卵』のさまざまな意匠の一面に触れるに留まったが、先ず以てその成果を祝福すると共に、今後の更なる進展に注目したい。

（「運河」二〇〇一年三月号）

結晶度の高い短歌空間
――歌集『春の卵』

藤原龍一郎

知性的な視線によって透明な抒情が詠い出されると、そこには、きわめて詩的結晶度の高い短歌空間が出現する。たとえばこんな歌。

読み終へし新聞畳めばかさばりてさながら不器用なわれの形す

種の連帯などと無縁に往き交へる人ら見てをり高き窓より

頰の翳濃きヴィヴィアン・リーのポスターのかの日氷雨に濡れてゐたりき

新聞を読むという行為から、内省的な存在論的な認識が生まれている。

高い窓から眼下の人並みを見つめていると「種の連帯」などという綺麗事への根本的な懐疑が芽生える。

ヴィヴィアン・リーのポスターの映像からは、静謐な相聞の思い出が導き出されてくる。

読んでいて常に心地よさを感じることができる稀有な歌集なのである。「何をみても、本質とは何だろう、と考えてしまう」とあとがきに記す第七回運河賞受賞の小島熱子の表現の才能は、明らかに短歌に祝福されている。

あはれ全き和漢朗詠の墨跡よ行成いかなる男なりけん

永遠の自問と新文体
——歌集『クレパスの線』

尾崎　左永子

小島熱子の歌人としての出発はかなり遅かった。しかし第一歌集『春の卵』で日本歌人クラブ新人賞を獲得、今回の第二歌集『クレパスの線』でいっそうその個性を鮮明にしたといえよう。傍目もふらず、一途に短歌という表現形式を深く掘りさげて、独自の美意識にのっとったひとつの新文体を拓きつつある。

パステルカラーの花束《ブーケ》ひかればわが裡に待春のおもり垂直に落つ

蒼天に銀の飛行機嵌められてさながらきらめく時間のかけら

百本の水仙の香に搏たれたりひたすらなりしことはさびしく

これらの作の中には、色彩、光、香、形状などを、鋭い刃で切りとったようないさぎよさがみえる。イメージが鮮明な印象として読者に伝わってくる。音韻、律調のほかに、視覚的な面でも、漢字の選択や、かなにひらく工夫に神経が行きとどいている点も注目してよい。

一首には春光を感じた瞬間が、「垂直に落つ」という語で速度感をもってとらえられている。二首目は空を行く飛行機を、ひとつの平面としてとらえ、ジグソーパズルを連想させながら、それを「きらめく時間のかけら」と捉えている。「時」の感覚を生かすことで、ジグソーパズルは急に立体的になる。時空の中に飛行機の銀の輝きがいきいきと光る。

三首目は「百本」の数詞が、水仙の葉群をひとつの「線」のかたまりのように印象させる。作者は金沢を故郷とするから、北陸のあの水仙の野生群の開花が、底に踏まえられているのだろう。「ひたすらなりしことはさびしく」が簡単な詠歎に終らなかったのは、作者自身の実感がにじむからである。
実際、熱子ことアッチャンは、まことにひたすらであり、直線的である。

婉曲にもの言ふことの描くてゆふべとろとろ生麩煮てゐる
淡雪を見つつ生硬のことば継ぐ侵されがたき距離もちながら
クセジュとふことばに深手自ひし身を古書店の本の背表紙が圧す

「ことば」に対してつねに過敏なのである。「クセジュ」は「私って何？」の問いである。フランス書に、名高い「クセジュ文庫」があって、私の世代はずいぶんお世話になったものだが、それは人間にとって永遠の自問のことばでもある。

傷つけず傷つかぬやうにふるまひぬみづきの花の朽ちて春逝く

日常の中でもかなりことばの率直な人だから、実際に傷ついたり傷つけたりする場面にも、私はしばしば遭遇するのだが、こうした作に出会うと、短歌修業の十七年間はムダではなかったと、妙に安心してしまう。自覚ということが、作家にとっていかに大切か、改めて思い到るのである。

ひるまへの公園はさくら咲き盛りどこまでも無傷の春とおもひぬ
うすあをき貝母のつるに絡みたる三月尽のひかりの傷み

「無傷」を思うということは「傷み」を知る人のことばであり、早春の光にも「傷み」を感じ取る鋭敏さは、既に他人の傷みを知っている人の感覚でもある。ここで私は彼女がひとつの壁を超えて、作家としてのすぐれた資質を磨きはじめたことに、再度安心するのである。歌集を沢山のこしたからといって必ずしもプロ歌人とはいえない。厳選された作品を提示する以上、歌集の数は少なくてもかまわない。小島熱子はたしかに作家としての道を走りはじめた。そこには、山内照夫氏をはじめ、運河同人の方々の、写実に関しての厳しい指導が生きている。最初に小島熱子の才能を見出したのが、一見最も保守的と目される山内氏であったことは、あまり知られていない。うちうちで「アッチャン」と呼びはじめたのも山内氏だったと思う。そうした写実の骨格を仕込まれたことの大きな意味を、彼女自身にも十分自覚してほしいと思う。

月の光抱きて眠らな永かりしひと日まなこの
視しもの捨てて

歌集冒頭の一首である。写実の世界では、まず「ものを見る眼」をやしなうことの大切さ、そして「ものとわれとの距離」をしっかり摑むことの大切さを教えられる。それは同時に「われ」の位置、視点を的確に捉えることでもある。これが十分でないと、その先の飛躍がしにくくなるのだ。この作では「ひと日まなこの視しもの捨てて」とある。「捨てる」とは、それ以前に「視しもの」が数多く捉えられていたことを意味するだろう。雑多なもの、現世的なもの、すべてを「見て」しまう人間の業を「捨て」ることによって、月光の中の眠りは清澄に訪れる。簡単に詠われてはいるが、作者の〝生きる〟姿勢を暗示しているようにも見える。

まつ白な麻のスカートひるがへし跳び越す
今朝のみづたまりの瞳《め》
アッチャンはむかしからアッチャンでしたか
と綿菓子のやうな雲に尋ねる

集の終りの方に、かなり口語調の、実験風な作があり、おそらく賛否両論、とくに昔気質の層からは爪弾きされそうだが、百年前、五十年前、三十年前と同じような傾向の歌を作っているばかりでは、写実短歌は先細りである。同じ作者が次のような作を中心においていることも、忘れないでほしいと思う。

事故ありて遅るる夜の電車待つわたくしのものにあらざる時間

さしてゆく傘の高さの異なれば言葉くぐもるわが香くぐもる

ガラスのごと失望の風過ぐるとき素透しとなるわれの骨格

葉牡丹の白とむらさき渦なして天に昇りてゆかん歳晩

ここには写実をしっかり底にふまえて、更に新しい展開をはかる作者の心がみえる。次にはもう一歩素材の範囲を思い切って外し、外界との闘いにいどんでほしい思いを持っている私だが、いずれにしても、この歌集によってまた一皮むけた、あたらしい光を作中にとりこむであろうことを、この作者には期待し、確信するのである。

高きより街ゆく傘を見てゐしがふあつと降《お》りたき黄の傘がある

春楡のわかばを透きて生まれたる定形のなき翳のためらひ

（「運河」二〇〇六年九月号）

季節と感覚

——歌集『りんご1/2個』

花山多佳子

小島熱子『春の卵』という、第一歌集の名前とタイトルのセットはインパクトが強かったが、あとで作者に会ったときのインパクトも、相当のものだった。たしかに熱子さん、と諒解したものである。情熱的で断固とした口調には、いつもまっすぐに励まされる。雪国、金沢が故郷というのが、ちょっと意外なかんじがするが、金沢のその風土ゆえに、強い色、モダンな美を求めてきた土地がらだと聞けば、なるほどと思う。

川の面にめまひのやうに消えてゆくああふるさとの雪こそ忘我

ふるさと賛歌。「めまひのやうに消えてゆく」という下降の、沈潜していくベクトルから「ああふるさとの雪こそ忘我」と歌い上げになるのが、けっこうめずらしい。でも一読するととても自然に感じられるのである。「忘我」なんて言ってしまえるふるさとを持っているのが、この作者の強みだろう。

はるのくもゆるらにながれ若き日とおなじ書体に文字を書く夫

春の雲が流れることと、若い日と同じ書体で夫が字を書くこと、ずいぶん唐突のようだが、これも自然な流れでつながっている。書体も雲のようにふわふわしていそうだ。この歌集には夫だけでなく、家族とか人間はふしぎになるほど登場しない、この歌は唯一といっていいのだが、この歌もとくに夫の歌ではない。「若き日とおなじ書体」は、春の雲が流れることと同じ、めぐってきた春の季節感のひとつである。

青柿が坂をころがり溝に落つ五秒の間の愛と
いふべく

「五秒の間の」まで読んできてここに「愛」がくると誰が思うだろうか。これも、ころがって溝に落ちたという下降から、いきなり「愛といふべく」と立ち上げる。まだ青い柿が坂をころがって溝に落ちてしまった。これを愛というべきだ、と言われると、そういう気もしてくる。「間」は「かん」「あいだ」「あひ」のどの読みか。「あひ」だと「あひのあい」で、口をついて出てきたのかもしれない。小島さんの歌には、そんな言葉の勢いと調子のよさがある。

葉の隙にいまだをさなきあんずの実けふもわ
たしの石鹼が減る

これも「あんずの実」と「わたしの石鹼」が減ることと何の関係もない。理くつでいえば、これから日に日に育っていくあんずの実と、減ってゆく石鹼の対比。でも「わたし」自体の衰えとかには行かず「石鹼」という物がとつぜん出現するのは不可思議で、そこがおもしろい。

あきかぜがゆふべの肩に沁むるころ返歌を彼
岸のひとりにおくる

この「ひとり」は誰かはわからない。この歌集のタイトルは「逝きし友の未来の時間をわれ生きて卓上にりんご1/2個」からとられている。この逝きし友かもしれない。風が「肩」に沁みる、というのもいいし「返歌を彼岸のひとりに送る」というフレーズもすてきである。この歌集では生きている人は出てこないで、父母も弟も亡き後である。子も蒙古斑を思い出す歌のみ。みな過ぎてゆく。その感覚が、残された自分の感覚を強めたい欲求になっているのかもしれない。

あの子が　あの人になつて偉くなつてそして

突然死んでしまへり

人間の一生がじつに要約されている。「偉くなって」そのまま行くと自分も周りも思っているのだが、突然死んでしまうのである。結局はそういうものでしかない。無常観といってしまうと、みもふたもないが、まっすぐに現在の感覚をうたいつつ、この歌集はしんとさびしいところがある。

七月の青空うつるショーウィンドーに水玉模
様の服侵入す

腰痛にふいに襲はれデルフォイの神託きくご
とわれ身じろがず

こういうおもしろい歌もある。ありがちなショーウィンドー、ありがちな腰痛をこんなふうに歌ったひとがいるだろうか。『りんご1/2個』は、何のことがらもなく生活の流れもない。前後の関係もない。一首一首感覚で自立している歌集である。読者によって、それぞれの出会いがある歌集だと思う。すぐれた第三歌集の出版を心からよろこびたい。

最後にこの歌を。

全身にゆきのにほひをまとひたるこどもがを
りぬ。ほら、わたくしが。

（『りんご1/2個』栞、二〇一一年一〇月）

懐かしさの底にあるもの
――歌集『りんご1/2個』

大辻隆弘

小島熱子が歌う金沢の町は美しい。この歌集は、ある意味、故郷金沢に対する小島熱子のラブレターなのではないか、とさえ思う。

浅野川のにびいろの水に触れたるに火のごとく痛きそのつめたさよ

浅野川は金沢市北部を流れる川である。犀川に対して女川と呼ばれている。この歌はおそらく、冬のある日、久しぶりに金沢に帰郷し浅野川を見たときの歌なのだろう。

冬の北陸の曇り空のもと川は北に向かって流れてゆく。曇天を映した浅野川の水は鈍色にくすんでいる。医王山の麓を源とするその水は冷たい。その水に触れた瞬間、作者はその冷たさのなかに火に触れたような痛みを感じるのだ。

この傷みとは何なのか。

おそらくそれは、故郷への感情に直結しているのだろう。小島熱子は、故郷・金沢を去ったことに対する火のような痛みを胸に抱きながら、生活してきたのではないか。

川の面にめまひのやうに消えてゆくああふるさとの雪こそ忘我

ゥ音便のやはらかさに似る梅の橋「だらや」とさむき風は吹き過ぐ

泉鏡花が長煙管ぽんと打つおとのしたやうなひるの尾張町ゆく

金沢に拠りて生き来し歳月やまならうらにしまふふたすぢの川

川面に降っては消える雪。はんなりとしたゥ音便の響き。金沢に生まれ、金沢を創造の糧とした鏡花。

胸のなかに封印しようとした犀川と浅野川の幻……。金沢への懐旧の念は、ときに作者の胸をきりきりと痛めて止まない。それはときにあえて封印せざるを得ないような強さでもって彼女に迫る。

小島のなかにある魂の源郷を求める思いは、金沢だけに注がれるものではない。何気ない生活をスケッチしたかのような彼女の歌のなかにも、魂の源郷を探り当てようとする思いはしっかりとまとわりついている。次のような歌々がそうだ。

グラモフォンのレコード盤を拭きてをり何の準備かふいにおそろし
はるのくもゆるらにながれ若き日と同じ書体に文字を書く夫
をちこちの窓いつせいに閉むる音あああいきいきと白雨ゆふぐれ
九九をいふ少年のこゑすぎゆきぬ寥廓として夏の青空
をさなごはひみつのことばを口よせてほたるぶくろの花にしまへり
洗濯機がわが家に来し日級長になりたるごとくうれしかりけり
北空ははやもかげりて金目鯛の煮付のあぶらの浮き紋ひかる
なにゆゑぞなべて数へたきときのありくれなゐに透く柘榴の粒も

古いレコード盤を拭くときの手ざわり。かつて手紙のなかで見た夫の筆跡。夕立の襲来に急いで閉じられる家々の窓。幼い日に暗誦した九九の響き。花に向ってひとりつぶやいた秘密の呪文。「三種の神器」と呼ばれた洗濯機が自分の家にやって来たときの感動。煮付けの汁にゆらめくあぶらの色彩。おもちゃ箱から零れたルビーのような柘榴の種子……。

これらの歌には、おそらく小島がかつて見たであろう懐かしいものや、懐旧の念に誘ってやまないものが描かれている。彼女にとって短歌の形式とは、その誘いに身を任せるための呪文であるかのような気さえする。
　これらの歌に登場する懐かしいもの。そこには、作者が感じた手ざわりが付着している。小島の歌には、常に身体で感じた感覚の反映がある。それが歌に生き生きとした表情を与えているのだろう。実際、彼女の歌には、自分の身体感覚を描いた歌が多い。

右の歯の痛みて左のみに噛む降りはじめたるあめも傾ぎて
なんとなく両掌に頬をひきあげて春の弾力たしかめてをり
身の内に秋の暗水《くらみづ》しみとほりコスモスのはな咲《ひら》きゆくやう
体内に手旗信号入るごと三色三つの錠剤うごく

　左の歯だけで物を噛むときのかすかな違和感を、雨の「傾ぎ」によって表現した一首め。自分の掌に載せられた自分の頬を、他者の肉体に触れるように捉えた二首め。自分の体内の感覚を、「コスモスのはな」や「手旗信号」といった意外性のある比喩で描き出した三首め・四首め……。どの歌にも、作者の微妙な身体の違和感が、的確な文体によって掬いとられている。このような細やかな身体への意識が小島熱子の歌の「懐かしさ」の底流に流れていることを、私たちは見逃してはならないのだろう。
　彼女の身体の感覚は、ときに、次のような不思議な歌を生み出してしまう。

一冊の本に視らるる感覚に羞しみてゆっくり書架より離る
鋪道に踏まれしいくつのぎんなんを自転車の影がもう一度轢く
ブロック塀にはりついてゐた秋の日が庭の水引草に移りぬ

　あえて詳説はしないが、どれもこれも、なんとも不思議な歌である。そして、そのかすかに歪んだ視野の底には、小島熱子特有の生身の身体が息づいているような感じがする。

故郷金沢をはじめとした懐かしい物事を歌う小島の歌。その歌の底には、常に彼女の身体が横たわっている。

（『りんご1/2個』栞、二〇一一年一〇月）

歌のなかの〈遠近〉

――歌集『りんご1/2個』

吉川宏志

一首のなかに〈遠近〉がある歌の作り方をする人がいる。逆にそれが無い人もいる。小島熱子さんはまぎれもなく、一首のなかに〈遠近〉があるタイプである。

はるのくもゆるらにながれ若き日とおなじ書体に文字を書く夫
箸置きにはしおく指のしづけさに春のゆうべはうすずみに昏れ

一首目、「若き日とおなじ書体」という捉え方に、長い間ともに暮してきた夫に抱く懐かしいような愛情が滲み出ていて、いい歌である。そして、それを包み込むように「はるのくも」が存在している。また二首目の「箸置きにはしおく指」というのも、当たり前のようだが妙味のある表現。そしてそのまわりには「春のゆふべ」が静かに息づいている。

　自らのささやかな暮らしを遠くから見守るように、「はるのくも」や「春のゆふべ」がひっそりとたたずんでいる感じがする。こうした歌い方によって、歌のなかにやわらかな空間性が生まれてくるし、自己の生活を見つめる内省的なまなざしもあらわれてくるのである。

　もう少しこのような作りの歌を挙げてみたい。

葉の隙にいまだをさなきあんずの実けふもわたしの石鹸が減る

バケツの揺れに呼吸添はせて搬ぶ水まひる積雲の濃き影の下

北空ははやもかげりて金目鯛の煮付のあぶらの浮き紋ひかる

くもりより光はさして赤錆びし鉄路のバラスにつくしいくほん

ブロック塀にはりついてゐた秋の日が庭の水引草に移りぬ

「あんず」の実と「石鹸」という異質なものが組み合わされることにより、不思議な質感が生まれている一首目。その次の歌は、バケツで水を運ぶときに水と「呼吸」を合わせる感じを、適確に捉えていておもしろい。

　三首目以降は、〈光〉の描き方が繊細な歌。こまやかな光によって、「あぶらの浮き紋」や「つくしいくほん」という物の存在感が、やわらかな手触りで伝わってくる。秋の日光が動いていく様子をとらえた最後の歌も印象的で、「はりついてゐた」という口語が、効果的に使われている。絵画的な表現のなかに、確かな時間感覚がある。秋の日の時間の移ろいが、静かな寂しさを読者に感じさせるのである。

生ハムのベールのやうなひらひらが皿にあり何からしろめたく

ベッドその他四角いものばかりある部屋だ梅雨のあめふる真夜中に覚め

口中に与太者ほどの柿のしぶのこりぬ空のあをふかくして

ゆびにふれし蘭鋳の緋のぶつぶつがときをりぬつとあらはれてきつ

にぼし割く指しぎやくてきになりはじめあるいはとほくダ・ヴィンチのユダ

また小島さんは、こうした特異な感覚のあらわれた歌もときどき作る。生ハムの「ひらひら」や「四角いもの」や「蘭鋳の緋のぶつぶつ」といった物のありように、作者は怖れのようなものを抱いている。〈遠近〉を乱すように「ぬっとあらわれ」てくるものに対して、自分が圧迫されるようなおびえを感じるのかもしれない。身の回りにめぐらしているセンサーが、非常に敏感なのだろう。

違和感をとらえる表現も、独特の冴えをもっている。三首目の「与太者ほどの柿のしぶ」という比喩は抜群にユニークだし、五首目の「しぎやくてき」の平仮名表記も念が入っている。「にぼし」と「ユダ」の組み合わせは、塚本邦雄的な文体だが、じつに意表をつく。多彩な表現ができる人なのである。

区役所の窓口に立ちなんとなくたみくささの感じにぎこちなくをり

けふは洗濯日和とテレビに指示されて日本の女はかはゆかりけり

その違和感が、社会の仕組みに向けられると、こんな歌が生れてくる。軽いタッチで歌われているが、役所やテレビに知らず知らずのうちに「指示されて」動いている我々の姿を明晰にとらえていて、考えさせられる歌になっている。

あえかなる涅槃団子を拾ひにき二月の虹のごとき記憶よ

金沢に拠りて生き来し歳月やまならうらにしま

ふふたすぢの川

作者は金沢で少女期を過ごした人であるようだ。なるほどと思った。歌のなかの陰影やしっとりとした韻律は、たしかに北陸の風土を感じさせるのである。「金沢に拠りて生き来し」という作者の思いは、よくわかる気がする。「涅槃団子」を拾ったような幼いころの記憶が、人の生を意外に深いところで支えていることがある。故郷を出て都市に暮す人ならば、一様に抱く感覚なのかもしれない。

影踏みをしつつ山道のぼりきてけふのひと日のすでにはるけし

この「すでにはるけし」という感覚も、私にはよく分かるようにおもう。山を歩いていると、時間の流れ方がいつもとは違ってくる気がする。そして、いつのまにか遠いところまで来てしまった、という哀感をおぼえるのだ。

散文の言葉ではうまく言えないような感覚を、小島さんの歌はしばしばふわっととらえていることがある。そうした歌には、しなやかな生命感が満ちている。

『りんご1/2個』の歌が、多くの人の心に響いていくことを願っている。

(『りんご1/2個』栞、二〇一一年一〇月)

ぽんの不思議の少女の時間
——歌集『ぽんの不思議の』

村島典子

『ぽんの不思議の』は前歌集『りんご1/2個』につづく奇妙なタイトルの第四歌集。「ぽん」がお米のぽん菓子であると、あとがきに一首をもって明かされている。読者の不意を衝き、現在と過去を往き来する小島熱子さんの短歌は、とりわけ、昔日の時間の泉から汲み上げられていると思われる。

　啼きのぼる雲雀のこゑはとうめいな輪をつなぎゆくとほくはるかに
　たまかぎるほのかに残る雨の香にもしかして邃きところに来《きた》る

垂直に昇る雲雀の声は悠久の天へ、天から降った雨の香は、深遠な時間の井戸へ作者をつれて行く。

「もしかして邃きところに来る」は無意識の領域、異界と一続きだ。そしてそれは懐かしい少女の時間と表裏をなしている。

　ぽんあられのぽんの不思議の小父さんを今も待ちをり花曇りの午

この集名となった一首も、そんな作者の時間の川への郷愁。むしろ喪失した時間を待っていると言えるのかもしれない。

少女の時間は故郷金沢から生れ、日常のなかに根深く息づいているのだ。

　加賀紋の繍《ぬひ》の萌葱にいゆけるは酣《たけなは》のときなりき　在り経つ
　あすはどの着物と帯で出かけませう　ひかりがあそぶ　死ぬかもしれぬ

美しい萌葱色の刺繡紋の着物に出かけたのは、成

人した頃のことであろう。娘盛りであった。そして
それから時間が経ってしまった。一字開けが、一瞬
でありながら、実際の年月より、はるかに遠い時を
暗示する。

二首目は、その結句が、さらに切迫して不気味。遊び歌のような、歌い出しから一転して「死ぬかもしれぬ」と呟く。否、わらべうたによってこそ、結句へ導かれていくと思える。小島さんはいよいよ不思議な人。けれども、この二首のような歌にこそ小島さんの独自の短歌世界があると断言できるだろう。

無辺際ゆ降りくる雪をあふぎをりゐるやうで
ゐぬゐぬやうでゐる

雪の降ってくる様子を詠いながら、下句への展開、この飛躍はどうだ。現象から、存在そのもの、非在と在、永遠への問い。なぞなぞ、呪文、色即是空、空即是色。

一方、「相撲甚句」三十首詠に見られるように、作者がほんとうは現実を沈着に認識し、表現する本格歌人であることも論を俟たない。

起立、礼、お願ひしますの号令に短歌クラブ
は始まる五時半

殺人を犯しし小柄な老囚が質問したり「字余
りつて何ですか」

わがことば届いてゐるか白板を写す男らを見
つつおもひぬ

化粧せずスカートはかず通ひきてはやも十一
年過ぎてしまへり

出所する男が礼にと唄ひくれし相撲甚句のこ
ゑのひびきよ

思わず沢山の作品を抽いてしまった。特殊な体験による作歌とは言え、この生き生きとした、場面の描写力、力量には圧倒される。

十一年間も、囚徒、受刑者と称ばれている人に接し、短歌という言霊で心を通わせてきた、そのこと

だけでも私は心を打たれる。淡々と事実に寄り添って詠いながら、人間の存在の意味を問う。殺人を犯した老囚から発せられる「字余りつて何ですか」という問いは、不意打ちのように、人間の真実の生の尊厳への問いを突きつけてくる。

繊細でありながら、弾むような言葉の魔術師、きっと人生の終りまで小島さんは、いきいきと少女のままであるに違いない。

（「短歌人」二〇一六年二月号）

一首が含む鮮やかな飛躍
——歌集『ぽんの不思議の』

清水亞彦

ドアスコープ覗き男のデフォルマシオンされたる顔とふたこと話す

アルルカンのほんたうの貌を見たやうなけさ阿巽といふ漢字を知りぬ

例えば、こういう作品を読むとき、ああ小島さんの歌集だなぁ、との思いを深くする。一首目。おそらくは、押売りか勧誘か、あまり有難くない来訪者があって、それをさらりと追い返す場面。「ドアスコープ覗き／男の」と、二句目の句割れも効いているのだろうが、措辞の要は何といっても「デフォルマシオンされたる」と、たっぷり十一音を費やした処。この過剰さを厭わないことで、歪曲された「男の顔」が前面に押し出されてくる。同様に、二首目では「オゾン（阿巽）」という宛字と「アルルカン（道化役者）」とを幾分強引に繋げることで、化学と文学のあわいに遊ぶ、複雑至妙な感興を掬う。阿巽という字のたたずまいが、オフタイムの道化師に似ている。或いは、濃度次第では毒にも薬にも成るオゾンの、物質としてのふるまいが、どこか道化役者の「実相」を感じさせるのではないか、と言うのである。阿巽の「阿」から、「阿母」「阿Q」といった接頭辞への連想が働き、擬人化が成立した。と、流れを追うことは可能だけれども、一首が含む鮮やかな飛躍は、小島作品に際立った特質だと思われる。

　昼月はあくびのやうにうすじろく市立図書館のうへに置かるる
　四歳が力をこめてクレヨンに書く恐竜のやうなひらがな

もちろん一冊の内には、いま少し穏当で、巧みな比喩が用いられた歌も、多数収められている。こうした読者親和的な、ストライクゾーンをも熟知した上で、ひとつ外側を窺う作品が、折々に、紡がれていくのである。

　朝の階くだるパジャマが急に遠しイギリス映画の場面のやうに
　幻燈機に映写されたるひとのごと居間に夫がものを食べをり

また、御主人を詠んだ（と思しき）作品も面白い。孰れも現実生活の厚みを持たない、仮象であるかのような造形が為されていて、一寸不思議な感じなのだが、実は、この「遠さ」（非現実感）こそが、作者のなかで、深い「安らぎ」と結び付いているらしいのだ。

　ポンポンダリア咲く海ちかき砂利道に「中将湯」の広告ありき
　うすやみに畑焼く煙とほく見ゆさくら湯飲み

しはいつの日の能登

「哀歌十四」フランシス・ジャムの秋は来てわたしをすなはち少女に返す

冬雲の底に湛ふる乳色のひかりはセロニアス・モンクのピアノ

前作、前々作から一貫して詠み継がれている昭和への郷愁。また、生地金沢を中心とした北陸地方の風土への愛着。それらは言うまでもなく、少女の頃に、作者が過ごした時間であり、場所である。その「遠い記憶」を、安らぎと共に引き寄せるとき、「ポンポンダリア」「さくら湯」等々の歌になり、翻って、現在のある瞬間に「安らぎ」を感じるとき、それが「遠さ」として意識される。一冊の至る処で、そんな機微を思うのである。

夏の日に土井差入れ屋しづもりて葭簀の影を地《つち》に置きたる

出所する男が礼にと唄ひくれし相撲甚句のこゑのひびきよ

作者には珍しい、ドキュメンタリータッチの「相撲甚句」は、三十首からなる連作である。引用した二首は、その先駆形が『クレパスの線』にも在って、語句の選択・視線の変化に、篤志面接委員を務めた十一年間の体験の重みを、明確に感じ取ることが出来る。

（「短歌人」二〇一六年二月号）

「在り経つ」
——歌集『ぽんの不思議の』

酒井佑子

この歌集一巻を貫く軸は〈時〉である。おしなべて〈時〉の囚われ人である歌詠み人の中にも、小島熱子ほど深く〈時〉に搦めとられている者は希であろう。

海があつて原つぱがあつて貨車があつて夢の
中までさびしい景色

りぼんむすびてふてふむすびといふことばこ
の世にありてはやもゆふぐれ

ぽんあられのぽんの不思議の小父さんを今も
待ちをり花曇りの午

幼時へ回帰する歌が多い。回想の歌につきものの人事はひそめられていて、モノが鮮かに顕ち現われる。さまざまの絵面やモノの手ざわりや匂いや音が、現存の作者の上になだれ落ちて来る。極めて感覚的で訴える力が強い。言語さえ幼弱の者の口吻を帯び、時の虜囚である生きものの悲しみを伝える。

ああまるで手紙のやうな朝のかぜ木綿《めん》のスト
ールふるはせて過ぐ

庭草の茂りのなかに擬宝珠のむらさきありぬ
ぬれぎぬならむ

加賀紋の繡《ぬひ》の萌葱にいゆけるは酣《たけなは》のときなり
き　在り経つ

刃先するどき研ぎ師の研ぎたる包丁がイコン
のやうに夕日にしづか

三日月にファントム・ペインもしあらば　望
の輪郭ゆびになぞりぬ

日常嘱目に発する歌は多様で華やかである。天象気象用語の頻出。雨、雪、風、雲、日、月、くもり、ひかり。植物（花）名の頻出。

喩の頻出。日常の隈々に顕われる美と贅の断面。自意識と美意識の強烈な発露。眼前の固型のモノをはなれ、不定形の空気がつねに作者をとらえる。眼前のモノは濃密に時に支配され、過去のモノと抱き合うごとくである。

　小島熱子は金沢の産で、言う所の加賀百万石の大名文化の余薫を身に享けて育った人のように思われる。華麗な、大柄の、やや濃《だ》みた〈美〉への希求が作者をつき動かす。端正な修辞力を持っているが、時に力余って、楚々と歩を運んで来た美女が、突如足をとめ、だだんとその足を踏み鳴らす、といった趣きを呈する。精妙な喩を駆使するが、その多くは感覚より知に訴えるていのもので、すぐれて男性的である。「加賀紋の」の歌は絶唱だが、この匂い立つばかり美しい驕りの歌は、最後の四音で作者の〈時〉を放擲する。過去から現在へ小島熱子をとらえ自在に動かして来た〈時〉をここで小島は捨てる。「在り経つ」は断念の語である。捨てられる前に自ら捨てる。恋の至極であるかも知れぬ。

青空にしだれ桜と日の丸がひえびえと美《は》し刑
　務所前庭

起立、礼、お願ひしますの号令に短歌クラブ
　は始まる五時半

腕も脚も何の模様か入れ墨の藍いろ灯下に息
　づくごとし

出所する男が礼にと唄ひくれし相撲甚句のこ
　ゑのひびきよ

「相撲甚句」二十首一連に深く驚く。刑務所内の一室で月に一度、受刑者に短歌の指導をする。十二年を越えて今も続いているという事実（少しも知らなかった）に驚くのではない。長く愛し磨き抜いて来た自らの素材、手法、修辞を全て離れ、日常の場さえ離れてこの特殊な素材を、古い時系列の眼前写生の手法で一連となしたことに驚く。この場には一片の空想も美化も劇化も許されない、という覚悟を自身に課し、得意の喩も封じた。感じることさえ半ば自

らに禁じてただ一対の眼として眼前の男たちの命のかたちを見、書いた。古くて新しい、近代写生歌の極意である。宿命として飛んでしまう魂を持つ者が歌い続けるためにこの時、翼を縛ったのだろうか。

（「短歌人」二〇一六年二月号）

真夏の下の少女へ

――歌集『ポストの影』

加藤英彦

作者にはふと甦る記憶がある。それは人生の総量のほんの一粒子なのだが、水面につけた指先から波紋がひろがるように、幼友達の笑い声が、若き日の母の呼ぶ声がする。あれは夢だろうか。歳月は多くを忘却の沖に隠してしまうけれど、耳にとどく声も表情も鮮明なのだ。不思議な感覚を誘う一冊である。

小島はあとがきに、今という時間のなかに「突然、あるいはふっと過去が入り込み、共存したり、溶け合ったり、ある時などは未来さえ侵入してくる」という。そう、時間は必ずしも過去から未来へと流れるわけではない。揺曳する幼女期が過去であるなら、未来の先にみえるのは死だろう。そこは、汽水のように時間が渾然と混ざりあう水域なのかも知れない。例えば少女期の小島は、あるときこんな形でふっと姿を現わす。

夏雲の下に遠泳してをらむとほきあの日のわたしはいまも

向こう岸をめざして泳ぐ少女から抜けて、ある日小島は人生という海に漕ぎだしてしまったのだ。あの少女は今も向こう岸をめざしているだろうか。直線的な目標はその単純さゆえに美しい。人生の羅針盤《コンパス》など操りながらしたたか風雪を浴びた身にそれはすでに遠い岸辺である。

おべんたうが食べたいなあと温き日の差す枯原に亡き母とふたり

去年の夏なに着てゐしかおぼろにて他人のやうにわたしを探す

ここでもわずかに時間は歪んでいる。日差しを浴びて枯原にいるのは亡母と作者であり、「おべんたうが食べたいなあ」と懐かしむのはかつて母が持たせてくれたあの弁当箱である。一方で、去年の夏の〈私〉が思いだせない。作者は慌てて周りを見渡すが、彼女の姿はどこにもない。そんな存在の不確実性のなかを幾人もの〈私〉が通り過ぎる。互いが目を合わすことはない。それぞれが別の時間を生きているのだ。

職人の手技たしかな爪切りがてのひらにありほのと重たく

「ビフテキ」はさびしきことば日本の貧の時代がにほひてゐるも

小さな爪切りの重さに作者は職人技の歳月を感じている。その量感には温かみがある。小島はこうした描写の巧みな歌人である。そして、記憶はいつも懐かしい時代の影を背負って訪れる。昔、「ビフテキ」という言葉は庶民の〝贅〟の象徴であった。それはどこか西洋への憧れを感じさせた。幼い頃、ビフテキは父の食卓にだけ上がるものだった。

自販機に釣銭かがみて探すとき冬のひぐれの
ふいにさびしも
うち重なるレジ袋あまた雨にぬれ塵芥《ごみ》集積所
さむく勢ふ

〈私〉は何をして来たのだろう。屈みこむ姿勢のさびしさには存在の根源的な哀しさが漂う。嵩なす生活ごみは無用物として廃棄されるが、レジ袋のなかには今捨てられたばかりのモノたちの呼吸に満ちている。

生と死の間に老、病あることのふかき楔よ
梅雨が近づく

生も死も避けることができないように老いも病も私たちに親しげに寄り添うのだ。老いを華やかに迎えたいと思うのは、残された歳月への愛惜のなせる業だろうか。この一首には残生にむけたある覚悟が感じられる。

ものを見る目の確かさ、描写の卓抜さにおいて小島は信頼できる作家だが、そこに歩んできた歳月の厚みが加わったように思える。過去や未来が揺曳するのは、今がその総量の折り返し点だからであり、そんな生を相対化した視線を濃く感じる一冊である。

（「短歌人」二〇二〇年四月号）

的確な言葉

——歌集『ポストの影』

島田幸典

短い詩型だからこそ、どんな言葉をどのように用いるか、ということに歌人は心を砕く。苦労はあるが、的を射た一語が見つかれば嬉しい。小島熱子はそうした面白さを味わうように歌を作っている。どの作品にもこれぞという言葉がいきいきと用いられた見所がある。

デパートのイート・インにて麦酒のみしばし
　壺中に棲みゐる心地

壺のなかに入って酒肴を楽しんだという故事に基づく歌である。ただし「壺中（の天）」という慣用表現が活きたのは、「デパートのイート・イン」という小さな、閉じた空間でビールを飲むという現代的な飲食の風景にたいして用いることで、意外性と得力をもった表現として機能しているからである。

「蕁麻疹」の文字が箒にまたがれる魔女のご
　とくに迫りてくるも
六月の薄暮にひかるシャンパンの細かき気泡
　いまたれか去《い》ぬ

言葉そのものから歌の核心となる発想を得たのが一首目の歌である。飛躍を伴う比喩も、おどろおどろしい漢字表記が幾筋もの細い枝を束ねているのを見れば納得する。これにたいして二首目は、四句までの明晰な映像が言わば有心の序として結句を導きだす。

このような歌からも小島が言葉をよく吟味しながら緻密に一首を構築していることがうかがえるが、現実から浮きたったところにその作品を置いているわけではない。むしろ、その素材はしばしば日常の生活に求められており、心に触れてくる瞬間を的確な言葉によって摑みなおし、印象鮮明に表現した歌こそ歌集の基調をなす。

雲のかげゆるらに過りゆく庭に虎耳草《ゆきのした》の浅き根を抜きてをり
この今がたのしいとばかり鶺鴒がつつと走りぬ魚屋の前
扇風機の風に新聞がかそかなる音たてなままとめくれてゐたり

一首目には「浅き根」から手応えの乏しさが伝わってくる。二首目は、口語の弾むような口調が下の句の「つつと」に自然に繋がり、地面を軽快に走るセキレイの姿が彷彿する。三首目は扇風機の風に煽られる新聞紙の動きに焦点を定め、映像性に富む。こうした鋭敏な対象把握があるから言葉が活きる。

過ぎてゆく時間のなかの昼食に黄身もりあがる玉子かけごはん
卓上の茶碗のお湯はすでに冷めおいてきぼりにされたるやうな
をととひのあさつてのわれが歩みをり春の来むかふ街川の辺を

主題について言えば、小島みずから「あとがき」で触れるとおり、やはり時間意識をめぐるものに特色がある。〈生と死の間に老、病あることのふかき楔よ　梅雨が近づく〉のように、人生という時間について俯瞰的に捉えた歌もあるが、掲出歌にはそれよりもっと日々の暮らしの具体に即した時間意識が現れている。一首目は「黄身もりあがる」という細部を大写しにすることで、過ぎる時間のなかの一瞬の面白さ、かけがえのなさを印象づける。然るべき機会を逸したという感覚をモチーフとする二首目は、具体的事物から心情への展開が鮮やかである。三首目は一方向的な時間観念を攪乱する措辞が特徴的だが、行きつ戻りつしながら春に向かう時期の気分に相応しくもある。

あるときは石は祈りてをるならむよわきひかりの差す道の端

この一首の起点には、路傍の石と何か通じた、その心が見えたという直観がある。夾雑物を削ぎおとし、祈る石そのものを端的に差しだす歌である。

（「短歌人」二〇二〇年四月号）

小島熱子歌集　現代短歌文庫第160回配本

2021年10月8日　初版発行

著者　小島熱子
発行者　田村雅之
発行所　砂子屋書房
〒101-0047　東京都千代田区内神田3-4-7
電話　03－3256－4708
Fax　03－3256－4707
振替　00130－2－97631
http://www.sunagoya.com
装本・三嶋典東　落丁本・乱丁本はお取替いたします

現代短歌文庫

（　）は解説文の筆者

①三枝浩樹歌集
『朝の歌』全篇

②佐藤通雅歌集（細井剛）
『薄明の谷』全篇

③高野公彦歌集（河野裕子・坂井修一）
『汽水の光』全篇

④三枝昻之歌集（山中智恵子・小高賢）
『水の覇権』全篇

⑤阿木津英歌集（笠原伸夫・岡井隆）
『紫木蓮まで・風舌』全篇

⑥伊藤一彦歌集（塚本邦雄・岩田正）
『瞑鳥記』全篇

⑦小池光歌集（大辻隆弘・川野里子）
『バルサの翼』『廃駅』全篇

⑧石田比呂志歌集（玉城徹・岡井隆他）
『無用の歌』全篇

⑨永田和宏歌集（高安国世・吉川宏志）
『メビウスの地平』全篇

⑩河野裕子歌集（馬場あき子・坪内稔典他）
『森のやうに獣のやうに』『ひるがほ』全篇

⑪大島史洋歌集（田中佳宏・岡井隆）
『藍を走るべし』全篇

⑫雨宮雅子歌集（春日井建・田村雅之他）
『悲神』全篇

⑬稲葉京子歌集（松永伍一・水原紫苑）
『ガラスの檻』全篇

⑭時田則雄歌集（大金義昭・大塚陽子）
『北方論』全篇

⑮蒔田さくら子歌集（後藤直二・中地俊夫）
『森見ゆる窓』全篇

⑯大塚陽子歌集（伊藤一彦・菱川善夫）
『遠花火』『酔芙蓉』全篇

⑰百々登美子歌集（桶谷秀昭・原田禹雄）
『盲目木馬』全篇

⑱岡井隆歌集（加藤治郎・山田富士郎他）
『鵞卵亭』『人生の視える場所』全篇

⑲玉井清弘歌集（小高賢）
『久露』全篇

⑳小高賢歌集（馬場あき子・日高堯子他）
『耳の伝説』『家長』全篇

㉑佐竹彌生歌集（安永蕗子・馬場あき子他）
『天の螢』全篇

㉒太田一郎歌集（いいだもも・佐伯裕子他）
『墳』『蝕』『獵』全篇

現代短歌文庫

（　）は解説文の筆者

㉓春日真木子歌集（北沢郁子・田井安曇他）
『野菜涅槃図』全篇

㉔道浦母都子歌集（大原富枝・岡井隆）
『無援の抒情』『水憂』『ゆうすげ』全篇

㉕山中智恵子歌集（吉本隆明・塚本邦雄他）
『夢之記』全篇

㉖久々湊盈子歌集（小島ゆかり・樋口覚他）
『黒鍵』全篇

㉗藤原龍一郎歌集（小池光・三枝昂之他）
『夢みる頃を過ぎても』『東京哀傷歌』全篇

㉘花山多佳子歌集（永田和宏・小池光他）
『樹の下の椅子』『楕円の実』全篇

㉙佐伯裕子歌集（阿木津英・三枝昂之他）
『未完の手紙』全篇

㉚島田修三歌集（筒井康隆・塚本邦雄他）
『晴朗悲歌集』全篇

㉛河野愛子歌集（近藤芳美・中川佐和子他）
『黒羅』『夜は流れる』『光ある中に』（抄）他

㉜松坂弘歌集（塚本邦雄・由良琢郎他）
『春の雷鳴』全篇

㉝日高堯子歌集（佐伯裕子・玉井清弘他）
『野の扉』全篇

㉞沖ななも歌集（山下雅人・玉城徹他）
『衣裳哲学』『機知の足首』全篇

㉟続・小池光歌集（河野美砂子・小澤正邦）
『日々の思い出』『草の庭』全篇

㊱続・伊藤一彦歌集（築地正子・渡辺松男）
『青の風土記』『海号の歌』全篇

㊲北沢郁子歌集（森山晴美・富小路禎子）
『その人を知らず』を含む十五歌集抄

㊳栗木京子歌集（馬場あき子・永田和宏他）
『水惑星』『中庭』全篇

㊴外塚喬歌集（吉野昌夫・今井恵子他）
『喬木』全篇

㊵今野寿美歌集（藤井貞和・久々湊盈子他）
『世紀末の桃』全篇

㊶来嶋靖生歌集（篠弘・志垣澄幸他）
『笛』『雷』全篇

㊷三井修歌集（池田はるみ・沢口芙美他）
『砂の詩学』全篇

㊸田井安曇歌集（清水房雄・村永大和他）
『木や旗や魚らの夜に歌った歌』全篇

㊹森山晴美歌集（島田修二・水野昌雄他）
『グレコの唄』全篇

現代短歌文庫

（　）は解説文の筆者

㊺上野久雄歌集（吉川宏志・山田富士郎他）
『夕鮎』抄、『バラ園と鼻』抄他

㊻山本かね子歌集（蒔田さくら子・久々湊盈子他）
『ものどらま』を含む九歌集抄

㊼松平盟子歌集（米川千嘉子・坪内稔典他）
『青夜』『シュガー』全篇

㊽大辻隆弘歌集（小林久美子・中山明他）
『水廊』『抱擁韻』全篇

㊾秋山佐和子歌集（外塚喬・一ノ関忠人他）
『羊皮紙の花』全篇

㊿西勝洋一歌集（藤原龍一郎・大塚陽子他）
『コクトーの声』全篇

51青井史歌集（小高賢・玉井清弘他）
『月の食卓』全篇

52加藤治郎歌集（永田和宏・米川千嘉子他）
『昏睡のパラダイス』『ハレアカラ』全篇

53秋葉四郎歌集（今西幹一・香川哲三）
『極光―オーロラ』全篇

54奥村晃作歌集（穂村弘・小池光他）
『鴇色の足』全篇

55春日井建歌集（佐佐木幸綱・浅井愼平他）
『友の書』全篇

56小中英之歌集（岡井隆・山中智恵子他）
『わがからんどりえ』『翼鏡』全篇

57山田富士郎歌集（島田幸典・小池光他）
『アビー・ロードを夢みて』『羚羊譚』全篇

58続・永田和宏歌集（岡井隆・河野裕子他）
『華氏』『饗庭』全篇

59坂井修一歌集（伊藤一彦・谷岡亜紀他）
『群青層』『スピリチュアル』全篇

60尾崎左永子歌集（伊藤一彦・栗木京子他）
『彩紅帖』全篇『さるびあ街』（抄）他

61続・尾崎左永子歌集（篠弘・大辻隆弘他）
『春雪ふたたび』『星座空間』全篇

62続・花山多佳子歌集（なみの亜子）
『草舟』『空合』全篇

63山埜井喜美枝歌集（菱川善夫・花山多佳子他）
『はらりさん』全篇

64久我田鶴子歌集（高野公彦・小守有里他）
『転生前夜』全篇

65続々・小池光歌集
『時のめぐりに』『滴滴集』全篇

66田谷鋭歌集（安立スハル・宮英子他）
『水晶の座』全篇

現代短歌文庫

（　）は解説文の筆者

㊼今井恵子歌集（佐伯裕子・内藤明他）
『分散和音』全篇

㊽続・時田則雄歌集（栗木京子・大金義昭）
『夢のつづき』『ペルシュロン』全篇

㊾辺見じゅん歌集（馬場あき子・飯田龍太他）
『水祭りの桟橋』『闇の祝祭』全篇

㊿続・河野裕子歌集
『家』全篇、『体力』『歩く』抄

71続・石田比呂志歌集
『孑孑』『忘八』『涙壺』『老猿』『春灯』抄

72志垣澄幸歌集（佐藤通雅・佐佐木幸綱）
『空壘のある風景』全篇

73古谷智子歌集（来嶋靖生・小高賢他）
『神の痛みの神学のオブリガード』全篇

74大河原惇行歌集（田井安曇・玉城徹他）
未刊歌集『昼の花火』全篇

75前川緑歌集（保田與重郎）
『みどり抄』全篇、『麥穂』抄

76小柳素子歌集（来嶋靖生・小高賢他）
『獅子の眼』全篇

77浜名理香歌集（小池光・河野裕子）
『月兎』全篇

78五所美子歌集（北尾勲・島田幸典他）
『天姥』全篇

79沢口芙美歌集（武川忠一・鈴木竹志他）
『フェベ』全篇

80中川佐和子歌集（内藤明・藤原龍一郎他）
『霧笛橋』全篇

81斎藤すみ子歌集（菱川善夫・今野寿美他）
『遊楽』全篇

82長澤ちづ歌集（大島史洋・須藤若江他）
『海の角笛』全篇

83池本一郎歌集（森山晴美・花山多佳子）
『未明の翼』全篇

84小林幸子歌集（小中英之・小池光他）
『枇杷のひかり』全篇

85佐波洋子歌集（馬場あき子・小池光他）
『光をわけて』全篇

86続・三枝浩樹歌集（雨宮雅子・里見佳保他）
『みどりの揺籃』『歩行者』全篇

87続・久々湊盈子歌集（小林幸子・吉川宏志他）
『あらばしり』『鬼龍子』全篇

88千々和久幸歌集（山本哲也・後藤直二他）
『火時計』全篇

現代短歌文庫

（　）は解説文の筆者

⑧⑨田村広志歌集（渡辺幸一・前登志夫他）
『島山』全篇

⑨⓪入野早代子歌集（春日井建・栗木京子他）
『花凪』全篇

⑨①米川千嘉子歌集（日高堯子・川野里子他）
『夏空の櫂』『一夏』全篇

⑨②続・米川千嘉子歌集（栗木京子・馬場あき子他）
『たましひに着る服なくて』『一葉の井戸』全篇

⑨③桑原正紀歌集（吉川宏志・木畑紀子他）
『妻へ。千年待たむ』全篇

⑨④稲葉峯子歌集（岡井隆・美濃和哥他）
『杉並まで』全篇

⑨⑤松平修文歌集（小池光・加藤英彦他）
『水村』全篇

⑨⑥米口實歌集（大辻隆弘・中津昌子他）
『ソシュールの春』全篇

⑨⑦落合けい子歌集（栗木京子・香川ヒサ他）
『じゃがいもの歌』全篇

⑨⑧上村典子歌集（武川忠一・小池光他）
『草上のカヌー』全篇

⑨⑨三井ゆき歌集（山田富士郎・遠山景一他）
『能登往還』全篇

⑩⓪佐佐木幸綱歌集（伊藤一彦・谷岡亜紀他）
『アニマ』全篇

⑩①西村美佐子歌集（坂野信彦・黒瀬珂瀾他）
『猫の舌』全篇

⑩②綾部光芳歌集（小池光・大西民子他）
『水晶の馬』『希望園』全篇

⑩③金子貞雄歌集（津川洋三・大河原惇行他）
『邑城の歌が聞こえる』全篇

⑩④続・藤原龍一郎歌集（栗木京子・香川ヒサ他）
『嘆きの花園』『19××』全篇

⑩⑤遠役らく子歌集（中野菊夫・水野昌雄他）
『白馬』全篇

⑩⑥小黒世茂歌集（山中智恵子・古橋信孝他）
『猿女』全篇

⑩⑦光本恵子歌集（疋田和男・水野昌雄）
『薄氷』全篇

⑩⑧雁部貞夫歌集（堺桜子・本多稜）
『崑崙行』抄

⑩⑨中根誠歌集（来嶋靖生・大島史洋雄他）
『境界』全篇

⑪⓪小島ゆかり歌集（山下雅人・坂井修一他）
『希望』全篇

現代短歌文庫

（　）は解説文の筆者

111 木村雅子歌集（来嶋靖生・小島ゆかり他）
『星のかけら』全篇

112 藤井常世歌集（菱川善夫・森山晴美他）
『氷の貌』全篇

113 続々・河野裕子歌集
『季の栞』『庭』全篇

114 大野道夫歌集（佐佐木幸綱・田中綾他）
『春吾秋蟬』全篇

115 池田はるみ歌集（岡井隆・林和清他）
『妣が国大阪』全篇

116 続・三井修歌集（中津昌子・柳宣宏他）
『風紋の島』全篇

117 王紅花歌集（福島泰樹・加藤英彦他）
『夏暦』全篇

118 春日いづみ歌集（三枝昂之・栗木京子他）
『アダムの肌色』全篇

119 桜井登世子歌集（小高賢・小池光他）
『夏の落葉』全篇

120 小見山輝歌集（山田富士郎・渡辺護他）
『春傷歌』全篇

121 源陽子歌集（小池光・黒木三千代他）
『透過光線』全篇

122 中野昭子歌集（花山多佳子・香川ヒサ他）
『草の海』全篇

123 有沢螢歌集（小池光・斉藤斎藤他）
『ありすの杜へ』全篇

124 森岡貞香歌集
『白蛾』『珊瑚數珠』『百乳文』全篇

125 桜川冴子歌集（小島ゆかり・栗木京子他）
『月人壮子』全篇

126 柴田典昭歌集（小笠原和幸・井野佐登他）
『樹下逍遙』全篇

127 続・森岡貞香歌集
『黛樹』『夏至』『敷妙』全篇

128 角倉羊子歌集（小池光・小島ゆかり）
『テレマンの笛』全篇

129 前川佐重郎歌集（喜多弘樹・松平修文他）
『彗星紀』全篇

130 続・坂井修一歌集（栗木京子・内藤明他）
『ラビュリントスの日々』『ジャックの種子』全篇

131 新選・小池光歌集
『静物』『山鳩集』全篇

132 尾崎まゆみ歌集（馬場あき子・岡井隆他）
『微熱海域』『真珠鎖骨』全篇

現代短歌文庫

（　）は解説文の筆者

133 続々・花山多佳子歌集（小池光・澤村斉美）
『春疾風』『木香薔薇』全篇

134 続・春日真木子歌集（渡辺松男・三枝昻之他）
『水の夢』全篇

135 吉川宏志歌集（小池光・永田和宏他）
『夜光』『海雨』全篇

136 岩田記未子歌集（安田章生・長沢美津他）
『日月の譜』を含む七歌集抄

137 糸川雅子歌集（武川忠一・内藤明他）
『水螢』全篇

138 梶原さい子歌集（清水哲男・花山多佳子他）
『リアス／椿』全篇

139 前田康子歌集（河野裕子・松村由利子他）
『色水』全篇

140 内藤明歌集（坂井修一・山田富士郎他）
『海界の雲』『斧と勾玉』全篇

141 続・内藤明歌集（島田修三・三枝浩樹他）
『夾竹桃と葱坊主』『虚空の橋』全篇

142 小川佳世子歌集（岡井隆・大口玲子他）
『ゆきふる』全篇

143 髙橋みずほ歌集（針生一郎・東郷雄二他）
『フルヘッヘンド』全篇

144 恒成美代子歌集（大辻隆弘・久々湊盈子他）
『ひかり凪』全篇

145 続・道浦母都子歌集（新海あぐり）
『風の婚』全篇

146 小西久二郎歌集（香川進・玉城徹他）
『湖に墓標を』全篇

147 林和清歌集（岩尾淳子・大森静佳他）
『木に縁りて魚を求めよ』全篇

148 続・中川佐和子歌集（日高堯子・酒井佐忠他）
『春の野に鏡を置けば』『花桃の木だから』全篇

149 谷岡亜紀歌集（佐佐木幸綱・菱川善夫他）
『臨界』抄、『闇市』抄、他

150 前川斎子歌集（江田浩司・渡英子他）
『斎庭』『逆髪』全篇

151 石井辰彦歌集
『七竈』『墓』全篇、『バスハウス』抄、他

152 伝田幸子歌集（岡井隆・波汐國芳他）
『蔵草子』全篇、他

153 宮本永子歌集（林安一・三井ゆき他）
『鷄に来る鳥』『雲の歌』全篇

154 本田一弘歌集（小池光・和合亮一他）
『磐梯』『あらがね』全篇

現代短歌文庫

（　）は解説文の筆者

155 富田豊子歌集（小中英之・大岡信他）
『漂鳥』『薊野』全篇

156 小林幹也歌集（和田大象・吉川宏志他）
『裸子植物』全篇

157 丸山三枝子歌集（千々和久幸・村島典子他）
『街路』全篇

158 青木春枝歌集（来嶋靖生・森山晴美他）
『草紅葉』全篇

159 真中朋久歌集（河野美砂子・大松達知他）
『雨裂』『エウラキロン』全篇

（以下続刊）

水原紫苑歌集　　篠弘歌集
馬場あき子歌集　　黒木三千代歌集